Joseph von Eichendorff

Das Marmorbild

Die Zauberei im Herbste

Zwei Erzählungen

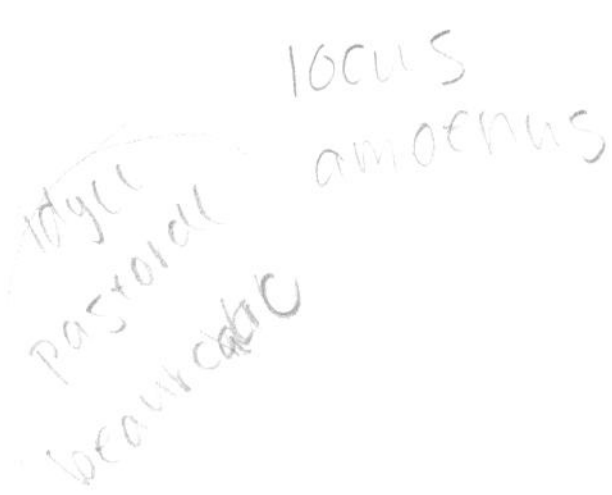

Joseph von Eichendorff: Das Marmorbild / Die Zauberei im Herbste. Zwei Erzählungen

Berliner Ausgabe, 2016, 4. Auflage
Vollständiger, durchgesehener Neusatz mit einer Biographie des Autors bearbeitet und eingerichtet von Michael Holzinger

Das Marmorbild:
    Erstdruck: In: Frauentaschenbuch für das Jahre 1819 von de la Motte Fouqué, Nürnberg 1818.
Die Zauberei im Herbste:
    Erstdruck: In: Aus dem Nachlaß des Freiherrn Joseph von Eichendorff, Köln 1906.

Textgrundlage ist die Ausgabe:
Joseph von Eichendorff: Werke. Nach den Ausgaben letzter Hand unter Hinzuziehung der Erstdrucke herausgegeben von Ansgar Hillach, Bd. 1–3, München: Winkler, 1970 ff.

Herausgeber der Reihe: Michael Holzinger
Reihengestaltung: Viktor Harvion
Umschlaggestaltung unter Verwendung des Bildes:
Stich nach einer zeichnung von Franz Kugler, Joseph von Eichendorff, 1832.

Gesetzt aus der Minion Pro, 10 pt

ISBN 978-1482381054

Das Marmorbild

Es war ein schöner Sommerabend, als Florio, ein junger Edelmann, langsam auf die Tore von Lucca zuritt, sich erfreuend an dem feinen Dufte, der über der wunderschönen Landschaft und den Türmen und Dächern der Stadt vor ihm zitterte, sowie an den bunten Zügen zierlicher Damen und Herren, welche sich zu beiden Seiten der Straße unter den hohen Kastanienalleen fröhlich schwärmend ergingen.

Da gesellte sich, auf zierlichem Zelter, desselben Weges ziehend, ein anderer Reiter in bunter Tracht, eine goldene Kette um den Hals und ein samtnes Barett mit Federn über den dunkelbraunen Locken, freundlich grüßend zu ihm. Beide hatten, so nebeneinander in den dunkelnden Abend hineinreitend, gar bald ein Gespräch angeknüpft, und dem jungen Florio dünkte die schlanke Gestalt des Fremden, sein frisches, keckes Wesen, ja selbst seine fröhliche Stimme so überaus anmutig, daß er gar nicht von demselben wegsehen konnte.

»Welches Geschäft führt Euch nach Lucca?« fragte endlich der Fremde. »Ich habe eigentlich gar keine Geschäfte«, antwortete Florio ein wenig schüchtern. »Gar keine Geschäfte? – Nun, so seid Ihr sicherlich ein Poet!« versetzte jener lustig lachend. »Das wohl eben nicht«, erwiderte Florio und wurde über und über rot. »Ich habe mich wohl zuweilen in der fröhlichen Sangeskunst versucht, aber wenn ich dann wieder die alten großen Meister las, wie da alles wirklich da ist und leibt und lebt, was ich mir manchmal heimlich nur wünschte und ahnete, da komm ich mir vor wie ein schwaches vom Winde verwehtes Lerchenstimmlein unter dem unermeßlichen Himmelsdom.« – »Jeder lobt Gott auf seine Weise«, sagte der Fremde, »und alle Stimmen zusammen machen den Frühling.« Dabei ruhten seine großen, geistreichen Augen mit sichtbarem Wohlgefallen auf dem schönen Jünglinge, der so unschuldig in die dämmernde Welt vor sich hinaussah.

»Ich habe jetzt«, fuhr dieser nun kühner und vertraulicher fort, »das Reisen erwählt, und befinde mich wie aus einem Gefängnis erlöst, alle alten Wünsche und Freuden sind nun auf einmal in Freiheit gesetzt. Auf dem Lande in der Stille aufgewachsen, wie lange habe ich da die fernen blauen Berge sehnsüchtig betrachtet, wenn der Frühling wie ein zauberischer Spielmann durch unsern Garten ging und von der wunderschönen Ferne verlockend sang und von großer, unermeßlicher Lust.« – Der Fremde war über die letzten Worte in tiefe Gedanken versunken. »Habt Ihr wohl jemals«, sagte er zerstreut aber sehr ernsthaft, »von dem wunderbaren Spielmann gehört, der durch seine Töne die Jugend in einen Zauberberg hinein verlockt, aus dem keiner wieder zurückgekehrt ist? Hütet Euch!« –

Florio wußte nicht, was er aus diesen Worten des Fremden machen sollte, konnte ihn auch weiter darum nicht befragen; denn sie waren soeben, statt zu dem Tore, unvermerkt dem Zuge der Spaziergänger folgend, an einen weiten, grünen Platz gekommen, auf dem sich ein fröhlichschallendes Reich von Musik, bunten Zelten, Reitern und Spazierengehenden in den letzten Abendgluten schimmernd hin und her bewegte.

»Hier ist gut wohnen«, sagte der Fremde lustig, sich vom Zelter schwingend; »auf baldiges Wiedersehn!« und hiermit war er schnell in dem Gewühle verschwunden.

Florio stand in freudigem Erstaunen einen Augenblick still vor der unerwarteten Aussicht. Dann folgte auch er dem Beispiele seines Begleiters, übergab das Pferd seinem Diener und mischte sich in den muntern Schwarm.

Versteckte Musikchöre erschallten da von allen Seiten aus den blühenden Gebüschen, unter den hohen Bäumen wandelten sittige Frauen auf und nieder, und ließen die schönen Augen musternd ergehen über die glänzende Wiese, lachend und plaudernd und mit den bunten Federn nickend im lauen Abendgolde wie ein Blumenbeet, das sich im Winde wiegt. Weiterhin auf einem heitergrünen Plan vergnügten sich mehrere Mädchen mit Ballspielen. Die buntgefiederten Bälle flatterten wie Schmetterlinge, glänzende Bogen hin und her beschreibend, durch die blaue Luft, während die unten im Grünen auf und nieder schwebenden Mädchenbilder den lieblichsten Anblick gewährten. Besonders zog die eine durch ihre zierliche, fast noch kindliche Gestalt und die Anmut aller ihrer Bewegungen Florios Augen auf sich. Sie hatte einen vollen, bunten Blumenkranz in den Haaren und war recht wie ein fröhliches Bild des Frühlings anzuschauen, wie sie so überaus frisch bald über den Rasen dahinflog, bald sich neigte, bald wieder mit ihren anmutigen Gliedern in die heitere Luft hinauflangte. Durch ein Versehen ihrer Gegnerin nahm ihr Federball eine falsche Richtung und flatterte gerade vor Florio nieder. Er hob ihn auf und überreichte ihn der nacheilenden Bekränzten. Sie stand fast wie erschrocken vor ihm und sah ihn schweigend aus den schönen großen Augen an. Dann verneigte sie sich errötend und eilte schnell wieder zu ihren Gespielinnen zurück.

4

Der größere, funkelnde Strom von Wagen und Reitern, der sich in der Hauptallee langsam und prächtig fortbewegte, wendete indes auch Florio von jenem reizenden Spiele wieder ab, und er schweifte wohl eine Stunde lang allein zwischen den ewig wechselnden Bildern umher.

»Da ist der Sänger Fortunato!« hörte er da auf einmal mehrere Frauen und Ritter neben sich ausrufen. Er sah sich schnell nach dem Platze um, wohin sie wiesen, und erblickte zu seinem großen Erstaunen den anmutigen Fremden, der ihn vorhin hieher begleitet. Abseits auf der Wiese an einen Baum gelehnt, stand er soeben inmitten eines zierlichen Kranzes von Frauen und Rittern, welche seinem Gesange zuhörten, der zuweilen von einigen Stimmen aus dem Kreise holdselig erwidert wurde. Unter ihnen bemerkte Florio auch die schöne Ballspielerin wieder, die in stiller Freudigkeit mit weiten offenen Augen in die Klänge vor sich hinaussah.

Ordentlich erschrocken gedachte da Florio, wie er vorhin mit dem berühmten Sänger, den er lange dem Rufe nach verehrte, so vertraulich geplaudert, und blieb scheu in einiger Entfernung stehen, um den lieblichen Wettstreit mit zu vernehmen. Er hätte gern die ganze Nacht hindurch dort gestanden, so ermutigend flogen diese Töne ihn an, und er ärgerte sich recht, als Fortunato nun so bald endigte, und die ganze Gesellschaft sich von dem Rasen erhob.

Da gewahrte der Sänger den Jüngling in der Ferne und kam sogleich auf ihn zu. Freundlich faßte er ihn bei beiden Händen und führte den Blöden, ungeachtet aller Gegenreden, wie einen lieblichen Gefangenen nach dem nah gelegenen offenen Zelte, wo sich die Gesellschaft nun versammelte und ein fröhliches Nachtmahl bereitet hatte. Alle begrüßten ihn wie alte Bekannte, manche schöne Augen ruhten in freudigem Erstaunen auf der jungen, blühenden Gestalt.

Nach mancherlei lustigem Gespräch lagerten sich bald alle um den runden Tisch, der in der Mitte des Zeltes stand. Erquickliche Früchte und Wein in hellgeschliffenen Gläsern funkelte von dem blendend weißen Gedeck, in silbernen Gefäßen dufteten große Blumensträuße, zwischen denen die hübschen Mädchengesichter anmutig hervorsahen; draußen spielten die letzten Abendlichter golden auf dem Rasen und dem Flusse, der spiegelglatt vor dem Zelte dahinglitt. Florio hatte sich fast unwillkürlich zu der niedlichen Ballspielerin gesellt. Sie erkannte ihn sogleich wieder und saß still und schüchtern da, aber die langen furchtsamen Augenwimpern hüteten nur schlecht die dunkelglühenden Blicke.

Es war ausgemacht worden, daß jeder in die Runde seinem Liebchen mit einem kleinen improvisierten Liedchen zutrinken solle. Der leichte Gesang, der nur gaukelnd wie ein Frühlingswind die Oberfläche des Lebens berührte, ohne es in sich selbst zu versenken, bewegte fröhlich den Kranz heiterer Bilder um die Tafel. Florio war recht innerlichst vergnügt, alle blöde Bangigkeit war von seiner Seele genommen, und er sah fast träumerisch still vor fröhlichen Gedanken zwischen den Lichtern und Blumen in die wunderschöne, langsam in die Abendgluten versinkende Landschaft vor sich hinaus. Und als nun auch an ihn die Reihe kam, seinen Trinkspruch zu sagen, hob er sein Glas in die Höh und sang:

>»Jeder nennet froh die Seine,
Ich nur stehe hier alleine,
Denn was früge wohl die Eine:
Wen der Fremdling eben meine?
Und so muß ich, wie im Strome dort die Welle,
Ungehört verrauschen an des Frühlings Schwelle.«

Seine schöne Nachbarin sah bei diesen Worten beinah schelmisch an ihm herauf und senkte schnell wieder das Köpfchen, da sie seinem Blicke begegnete. Aber er hatte so herzlich bewegt gesungen und neigte sich nun mit den schönen bittenden Augen so dringend herüber, daß sie es willig geschehen ließ, als er sie schnell auf die roten, heißen Lippen küßte. – »Bravo, bravo!« riefen mehrere Herren, ein mutwilliges aber argloses Lachen erschallte um den Tisch. – Florio stürzte hastig und verwirrt sein Glas hinunter, die schöne Geküßte schauete hochrot in den Schoß und sah so unter dem vollen Blumenkranze unbeschreiblich reizend aus.

So hatte ein jeder der Glücklichen sein Liebchen in dem Kreise sich heiter erkoren. Nur Fortunato allein gehörte allen oder keiner an und erschien fast einsam in dieser anmutigen Verwirrung. Er war ausgelassen lustig und mancher hätte ihn wohl übermütig genannt, wie er so wildwechselnd in Witz, Ernst und Scherz sich ganz und gar losließ, hätte er dabei nicht wieder mit so frommklaren Augen beinah wunderbar dreingeschaut. Florio hatte sich fest vorgenommen, ihm über Tische einmal so recht seine Liebe und Ehrfurcht, die er längst für ihn hegte, zu sagen. Aber es wollte heute nicht gelingen, alle leisen Versuche glitten an der spröden Lustigkeit des Sängers ab. Er konnte ihn gar nicht begreifen. –

Draußen war indes die Gegend schon stiller geworden und feierlich, einzelne Sterne traten zwischen den Wipfeln der dunkelnden Bäume hervor, der Floß rauschte stärker durch die erquickende Kühle. Da war auch zuletzt an Fortunato die Reihe zu singen gekommen. Er sprang rasch auf, griff in seine Gitarre und sang:

»Was klingt mir so heiter
Durch Busen und Sinn?
Zu Wolken und weiter
Wo trägt es mich hin?

Wie auf Bergen hoch bin ich
So einsam gestellt
Und grüße herzinnig,
Was schön auf der Welt.

Ja, Bacchus, dich seh ich,
Wie göttlich bist du!
Dein Glühen versteh ich,
Die träumende Ruh.

O rosenbekränztes
Jünglingsbild,
Dein Auge wie glänzt es,
Die Flammen so mild!

Ist's Liebe, ist's Andacht,
Was so dich beglückt?
Rings Frühling dich anlacht,
Du sinnest entzückt.

Frau Venus, du Frohe,
So klingend und weich,
In Morgenrots Lohe
Erblick ich dein Reich

Auf sonnigen Hügeln
Wie ein Zauberring. –
Zart' Bübchen mit Flügeln
Bedienen dich flink,

Durchsäuseln die Räume
Und laden, was fein,
Als goldene Träume
Zur Königin ein.

Und Ritter und Frauen
Im grünen Revier
Durchschwärmen die Auen
Wie Blumen zur Zier.

Und jeglicher hegt sich
Sein Liebchen im Arm,
So wirrt und bewegt sich
Der selige Schwarm.« –

Hier änderte er plötzlich Weise und Ton und fuhr fort:

»Die Klänge verrinnen,
Es bleichet das Grün,
Die Frauen stehn sinnend,
Die Ritter schaun kühn.

Und himmlisches Sehnen
Geht singend durchs Blau,
Da schimmert von Tränen
Rings Garten und Au. –

Und mitten im Feste
Erblick ich, wie mild!
Den stillsten der Gäste. –
Woher, einsam Bild?

Mit blühendem Mohne,
Der träumerisch glänzt,
Und Lilienkrone
Erscheint er bekränzt.

Sein Mund schwillt zum Küssen
So lieblich und bleich,
Als brächt er ein Grüßen
Aus himmlischem Reich.

Eine Fackel wohl trägt er,
Die wunderbar prangt.
›Wo ist einer‹, frägt er.
›Den heimwärts verlangt?‹

Und manchmal da drehet
Die Fackel er um –
Tiefschauend vergehet
Die Welt und wird stumm.

Und was hier versunken
Als Blumen zum Spiel,
Siehst oben du funkeln
Als Sterne nun kühl. –

O Jüngling vom Himmel,
Wie bist du so schön!
Ich laß das Gewimmel,
Mit dir will ich gehn!

Was will ich noch hoffen?
Hinauf, ach hinauf!
Der Himmel ist offen,
Nimm, Vater, mich auf!«

Fortunato war still und alle die übrigen auch, denn wirklich draußen waren nun die Klänge verronnen und die Musik, das Gewimmel und alle die gaukelnde Zauberei nach und nach verhallend untergegangen vor dem unermeßlichen Sternenhimmel und dem gewaltigen Nachtgesange der Ströme und Wälder. Da trat ein hoher, schlanker Ritter in reichem Geschmeide, das grünlichgoldene Scheine zwischen die im Winde flackernden Lichter warf, in das Zelt herein. Sein Blick aus tiefen Augenhöhlen war irre flammend, das Gesicht schön, aber blaß und wüst. Alle dachten bei seinem plötzlichen Erscheinen unwillkürlich schaudernd an den stillen Gast in Fortunatos Liede. – Er aber begab sich nach einer flüchtigen Verbeugung gegen die Gesellschaft zu dem Büfett des Zeltwirtes und schlürfte hastig dunkelroten Wein mit den bleichen Lippen in langen Zügen hinunter.

Florio fuhr ordentlich zusammen, als der Seltsame sich darauf vor allen andern zu ihm wandte und ihn als einen früheren Bekannten in Lucca willkommen hieß. Erstaunt und nachsinnend betrachtete er ihn von oben bis unten, denn er wußte sich durchaus nicht zu erinnern, ihn jemals gesehn zu haben. Doch war der Ritter ausnehmend beredt und sprach viel über mancherlei Begebenheiten aus Florios früheren Tagen. Auch war er so genau bekannt mit der Gegend seiner Heimat, dem Garten und jedem heimischen Platz, der Florio herzlich lieb war aus alter Zeit, daß sich derselbe bald mit der dunkeln Gestalt auszusöhnen anfing.

In die übrige Gesellschaft indes schien Donati, so nannte sich der Ritter, nirgends hineinzupassen. Eine ängstliche Störung, deren Grund sich niemand anzugeben wußte, wurde überall sichtbar. Und da unterdes auch die Nacht nun völlig hereingekommen war, so brachen bald alle auf.

Es begann nun ein wunderliches Gewimmel von Wagen, Pferden, Dienern und hohen Windlichtern, die seltsame Scheine auf das nahe Wasser, zwischen die Bäume und die schönen wirrenden Gestalten umherwarfen. Donati erschien in der wilden Beleuchtung noch viel bleicher und schauerlicher, als vorher. Das schöne Fräulein mit dem Blumenkranze hatte ihn beständig mit heimlicher Furcht von der Seite angesehen. Nun, da er gar auf sie zukam, um ihr mit ritterlicher Artigkeit auf den Zelter zu helfen, drängte sie sich scheu an den zurückstehenden Florio, der die Liebliche mit klopfendem Herzen in den Sattel hob. Alles war unterdes reisefertig, sie nickte ihm noch einmal von ihrem zierlichen Sitze freundlich zu, und bald war die ganze schimmernde Erscheinung in der Nacht verschwunden.

Es war Florio recht sonderbar zumute, als er sich plötzlich so allein mit Donati und dem Sänger auf dem weiten leeren Platze befand. Seine Gitarre im Arme ging der letztere am Ufer des Flusses vor dem Zelte auf und nieder und schien auf neue Weisen zu sinnen, während er einzelne Töne griff, die beschwichtigend über die stille Wiese dahinzogen. Dann brach er plötzlich ab. Ein seltsamer Mißmut schien über seine sonst immer klaren Züge zu fliegen, er verlangte ungeduldig fort.

Alle drei bestiegen daher nun auch ihre Pferde und zogen miteinander der nahen Stadt zu. Fortunato sprach kein Wort unterwegs, desto freundlicher ergoß sich Donati in wohlgesetzten zierlichen Reden; Florio, noch im Nachklange der Lust, ritt still wie ein träumendes Mädchen zwischen beiden.

Als sie ans Tor kamen, stellte sich Donatis Roß, das schon vorher vor manchem Vorübergehenden gescheuet, plötzlich fast gerade in die Höh und wollte nicht hinein. Ein funkelnder Zornesblitz fuhr, fast verzerrend, über das Gesicht des Reiters, und ein wilder, nur halb ausgesprochener Fluch aus den zuckenden Lippen, worüber Florio nicht wenig erstaunte, da ihm solches Wesen zu der sonstigen feinen und besonnenen Anständigkeit des Ritters ganz und gar nicht zu passen schien. Doch faßte sich dieser bald wieder. »Ich wollte Euch bis in die Herberge begleiten«, sagte er lächelnd und mit der gewohnten Zierlichkeit zu Florio gewendet, »aber mein Pferd will es anders, wie Ihr seht. Ich bewohne hier vor der Stadt ein Landhaus, wo ich Euch recht bald bei mir zu sehen hoffe.« – Und hiermit verneigte er sich, und das Pferd, in unbegreiflicher Hast und Angst kaum mehr zu halten, flog pfeilschnell mit ihm in die Dunkelheit fort, daß der Wind hinter ihm dreinpfiff.

»Gott sei Dank«, rief Fortunato aus, »daß ihn die Nacht wieder verschlungen hat! Kam er mir doch wahrhaftig vor, wie einer von den falben, ungestalten Nachtschmetterlingen, die wie aus einem phantastischen Traume entflogen, durch die Dämmerung schwirren, und mit ihrem langen Katzenbarte und gräßlich großen Augen ordentlich ein Gesicht haben wollen.« Florio, der sich mit Donati schon ziemlich befreundet hatte, äußerte seine Verwunderung über dieses harte Urteil. Aber der Sänger, durch solche erstaunliche Sanftmut nur immer mehr gereizt, schimpfte lustig fort und nannte den Ritter, zu Florios heimlichem Ärger, einen Mondscheinjäger, einen Schmachthahn, einen Renommisten in der Melancholie.

Unter solcherlei Gesprächen waren sie endlich bei der Herberge angelangt, und jeder begab sich bald in das ihm angewiesene Gemach.

Florio warf sich angekleidet auf das Ruhebett hin, aber er konnte lange nicht einschlafen. In seiner von den Bildern des Tages aufgeregten Seele wogte und hallte und sang es noch immer fort. Und wie die Türen im Hause nun immer seltener auf und zu gingen, nur manchmal noch eine Stimme erschallte, bis endlich Haus, Stadt und Feld in tiefe Stille versank: da war es ihm, als führe er mit schwanenweißen Segeln einsam auf einem mondbeglänzten Meer. Leise schlugen die Wellen an das Schiff, Sirenen tauchten aus dem Wasser, die alle aussahen, wie das schöne Mädchen mit dem Blumenkranze vom vorigen Abend. Sie sang so wunderbar, traurig und ohne Ende, als müsse er vor Wehmut untergehn. Das Schiff neigte sich unmerklich und sank langsam immer tiefer und tiefer. – Da wachte er erschrocken auf.

Er sprang von seinem Bett und öffnete das Fenster. Das Haus lag am Ausgange der Stadt, er übersah einen weiten stillen Kreis von Hügeln, Gärten und Tälern, vom Monde klar beschienen.

Auch da draußen war es überall in den Bäumen und Strömen noch wie im Verhallen und Nachhallen der vergangenen Lust, als sänge die ganze Gegend leise, gleich den Sirenen, die er im Schlummer gehört. Da konnte er der Versuchung nicht widerstehen. Er ergriff die Gitarre, die Fortunato bei ihm zurückgelassen, verließ das Zimmer und ging leise durch das ruhige Haus hinab. Die Tür unten war nur angelehnt, ein Diener lag eingeschlafen auf der Schwelle. So kam er unbemerkt ins Freie und wandelte fröhlich zwischen Weingärten durch leere Alleen an schlummernden Hütten vorüber immer weiter fort.

Zwischen den Rebengeländern hinaus sah er den Fluß im Tale; viele weißglänzende Schlösser, hin und wieder zerstreut, ruhten wie eingeschlafne Schwäne unten in dem Meer von Stille. Da sang er mit fröhlicher Stimme:

»Wie kühl schweift sich's bei nächt'ger Stunde,
Die Zither treulich in der Hand!
Vom Hügel grüß ich in die Runde
Den Himmel und das stille Land.

Wie ist da alles so verwandelt,
Wo ich so fröhlich war, im Tal.
Im Wald wie still, der Mond nur wandelt
Nun durch den hohen Buchensaal.

Der Winzer Jauchzen ist verklungen
Und all der bunte Lebenslauf,
Die Ströme nur, im Tal geschlungen,
Sie blicken manchmal silbern auf.

Und Nachtigallen wie aus Träumen
Erwachen oft mit süßem Schall,
Erinnernd rührt sich in den Bäumen
Ein heimlich Flüstern überall. –

Die Freude kann nicht gleich verklingen,
Und von des Tages Glanz und Lust
Ist so auch mir ein heimlich Singen
Geblieben in der tiefsten Brust.

Und fröhlich greif ich in die Saiten,
O Mädchen, jenseits überm Fluß,

Du lauschest wohl und hörst's von weiten
Und kennst den Sänger an dem Gruß!«

Er mußte über sich selber lachen, da er am Ende nicht wußte, wem er das Ständchen brachte. Denn die reizende Kleine mit dem Blumenkranze war es lange nicht mehr, die er eigentlich meinte. Die Musik bei den Zelten, der Traum auf seinem Zimmer und sein die Klänge und den Traum und die zierliche Erscheinung des Mädchens nachträumendes Herz hatte ihr Bild unmerklich und wundersam verwandelt in ein viel schöneres, größeres und herrlicheres, wie er es noch nirgend gesehen.

So in Gedanken schritt er noch lange fort, als er unerwartet bei einem großen, von hohen Bäumen rings umgebenen Weiher anlangte. Der Mond, der eben über die Wipfel trat, beleuchtete scharf ein marmornes Venusbild, das dort dicht am Ufer auf einem Steine stand, als wäre die Göttin soeben erst aus den Wellen aufgetaucht, und betrachte nun, selber verzaubert, das Bild der eigenen Schönheit, das der trunkene Wasserspiegel zwischen den leise aus dem Grunde aufblühenden Sternen widerstrahlte. Einige Schwäne beschrieben still ihre einförmigen Kreise um das Bild, ein leises Rauschen ging durch die Bäume ringsumher.

Florio stand wie eingewurzelt im Schauen, denn ihm kam jenes Bild wie eine langgesuchte, nun plötzlich erkannte Geliebte vor, wie eine Wunderblume, aus der Frühlingsdämmerung und träumerischen Stille seiner frühesten Jugend heraufgewachsen. Je länger er hinsah, je mehr schien es ihm, als schlüge es die seelenvollen Augen langsam auf, als wollten sich die Lippen bewegen zum Gruße, als blühe Leben wie ein lieblicher Gesang erwärmend durch die schönen Glieder herauf. Er hielt die Augen lange geschlossen vor Blendung, Wehmut und Entzücken. –

Als er wieder aufblickte, schien auf einmal alles wie verwandelt. Der Mond sah seltsam zwischen Wolken hervor, ein stärkerer Wind kräuselte den Weiher in trübe Wellen, das Venusbild, so fürchterlich weiß und regungslos, sah ihn fast schreckhaft mit den steinernen Augenhöhlen aus der grenzenlosen Stille an. Ein nie gefühltes Grausen überfiel da den Jüngling. Er verließ schnell den Ort, und immer schneller und ohne auszuruhen eilte er durch die Gärten und Weinberge wieder fort, der ruhigen Stadt zu; denn auch das Rauschen der Bäume kam ihm nun wie ein verständiges, vernehmliches Geflüster vor, und die langen gespenstischen Pappeln schienen mit ihren weitgestreckten Schatten hinter ihm dreinzulangen.

So kam er sichtbar verstört in der Herberge an. Da lag der Schlafende noch auf der Schwelle und fuhr erschrocken auf, als Florio an ihm vorüberstreifte. Florio aber schlug schnell die Tür hinter sich zu und atmete erst tief auf, als er oben sein Zimmer betrat. Hier ging er noch lange auf und nieder, ehe er sich beruhigte. Dann warf er sich aufs Bett und schlummerte endlich unter den seltsamsten Träumen ein.

Am folgenden Morgen saßen Florio und Fortunato unter den hohen von der Morgensonne durchfunkelten Bäumen vor der Herberge miteinander beim Frühstück. Florio sah blässer, als gewöhnlich, und angenehm überwacht aus. – »Der Morgen«, sagte Fortunato lustig, »ist ein recht kerngesunder, wildschöner Gesell, wie er so von den höchsten Bergen in die schlafende Welt hinunterjauchzt und von den Blumen und Bäumen die Tränen schüttelt und wogt und lärmt und singt. Der macht eben nicht sonderlich viel aus den sanften Empfindungen, sondern greift kühl an alle Glieder und lacht einem ins lange Gesicht, wenn man so preßhaft und noch ganz wie in Mondschein getaucht vor ihn hinaustritt.« – Florio schämte sich nun, dem Sänger, wie er sich anfangs vorgenommen, etwas von dem schönen Venusbilde zu sagen, und schwieg betreten still. Sein Spaziergang in der Nacht war aber von dem Diener an der Haustür bemerkt und wahrscheinlich verraten worden, und Fortunato fuhr lachend fort: »Nun, wenn Ihr's nicht glaubt, versucht es nur einmal und stellt Euch jetzt hierher und sagt zum Exempel: ›O schöne, holde Seele, o Mondschein, du Blütenstaub zärtlicher Herzen‹ usw., ob das nicht recht zum Lachen wäre! Und doch wette ich, habt Ihr diese Nacht dergleichen oft gesagt und gewiß ordentlich ernsthaft dabei ausgesehen. –«
Florio hatte sich Fortunato ehedem immer so still und sanftmütig vorgestellt, nun verwundete ihn recht innerlichst die kecke Lustigkeit des geliebten Sängers. Er sagte hastig, und die Tränen traten ihm dabei in die seelenvollen Augen: »Ihr sprecht da sicherlich anders, als Euch selber zumute ist, und das solltet Ihr nimmermehr tun. Aber ich lasse mich von Euch nicht irremachen, es gibt noch sanfte und hohe Empfindungen, die wohl schamhaft sind, aber sich nicht zu schämen brauchen, und ein stilles Glück, das sich vor dem lauten Tage verschließt und nur dem Sternenhimmel den heiligen Kelch öffnet wie eine Blume, in der ein Engel wohnt.« Fortunato sah den Jüngling verwundert an, dann rief er aus: »Nun wahrhaftig, Ihr seid recht ordentlich verliebt!«

Man hatte unterdes Fortunato, der spazierenreiten wollte, sein Pferd vorgeführt. Freundlich streichelte er den gebogenen Hals des zierlich aufgeputzten Rößleins, das mit fröhlicher Ungeduld den Rasen stampfte. Dann wandte er sich noch einmal zu Florio und reichte ihm gutmütig lächelnd die Hand. »Ihr tut mir doch leid«, sagte er, »es gibt gar zu viele sanfte, gute, besonders verliebte junge Leute, die ordentlich versessen sind auf Unglücklichsein. Laßt das, die Melancholie, den Mondschein und alle den Plunder; und geht's auch manchmal wirklich schlimm, nur frisch heraus in Gottes freien Morgen und da draußen sich recht abgeschüttelt; im Gebet aus Herzensgrund – und es müßte wahrlich mit dem Bösen zugehen, wenn Ihr nicht so recht durch und durch fröhlich und stark werdet!« – Und hiermit schwang er sich schnell auf sein Pferd und ritt zwischen den Weinbergen und blühenden Gärten in das farbige, schallende Land hinein, selber so bunt und freudig anzuschauen, wie der Morgen vor ihm.

Florio sah ihm lange nach, bis die Glanzeswogen über dem fernen Meer zusammenschlugen. Dann ging er hastig unter den Bäumen auf und nieder. Ein tiefes unbestimmtes Verlangen war von den Erscheinungen der Nacht in seiner Seele zurückgeblieben. Dagegen hatte ihn Fortunato durch seine Reden seltsam verstört und verwirrt. Er wußte nun selbst nicht mehr, was er wollte, gleich einem Nachtwandler, der plötzlich bei seinem Namen gerufen wird. Sinnend blieb er oftmals vor der wunderreichen Aussicht in das Land hinab stehen, als wollte er das freudig kräftige Walten da draußen um Auskunft fragen. Aber der Morgen spielte nur einzelne Zauberlichter wie durch die Bäume über ihm in sein träumerisch funkelndes Herz hinein, das noch in anderer Macht stand. Denn drinnen zogen die Sterne noch immerfort ihre magischen Kreise, zwischen denen das wunderschöne Marmorbild mit neuer, unwiderstehlicher Gewalt heraufsah. –

So beschloß er denn endlich, den Weiher wieder aufzusuchen, und schlug rasch denselben Pfad ein, den er in der Nacht gewandelt.

Wie sah aber dort nun alles so anders aus! Fröhliche Menschen durchirrten geschäftig die Weinberge, Gärten und Alleen, Kinder spielten ruhig auf dem sonnigen Rasen vor den Hütten, die ihn in der Nacht unter den traumhaften Bäumen oft gleich eingeschlafenen Sphinxen erschreckt hatten, der Mond stand fern und verblaßt am klaren Himmel, unzählige Vögel sangen lustig im Walde durcheinander. Er konnte gar nicht begreifen, wie ihn damals hier so seltsame Furcht überfallen konnte.

Bald bemerkte er indes, daß er in Gedanken den rechten Weg verfehlt. Er betrachtete aufmerksam alle Plätze und ging zweifelhaft bald zurück, bald wieder vorwärts; aber vergeblich; je emsiger er suchte, je unbekannter und ganz anders kam ihm alles vor.

Lange war er so umhergeirrt. Die Vögel schwiegen schon, der Kreis der Hügel wurde nach und nach immer stiller, die Strahlen der Mittagssonne schillerten sengend über der ganzen Gegend draußen, die wie unter einem Schleier von Schwüle zu schlummern und zu träumen schien. Da kam er unerwartet an ein Tor von Eisengittern, zwischen dessen zierlich vergoldeten Stäben hindurch man in einen weiten prächtigen Lustgarten hineinsehen konnte. Ein Strom von Kühle und Duft wehte den Ermüdeten erquickend daraus an. Das Tor war nicht verschlossen, er öffnete es leise und trat hinein.

Hohe Buchenhallen empfingen ihn da mit ihren feierlichen Schatten, zwischen denen goldene Vögel wie abgewehte Blüten hin und wieder flatterten, während große seltsame Blumen, wie sie Florio niemals gesehen, traumhaft mit ihren gelben und roten Glocken in dem leisen Winde hin und her schwankten. Unzählige Springbrunnen plätscherten, mit vergoldeten Kugeln spielend, einförmig in der großen Einsamkeit. Zwischen den Bäumen hindurch sah man in der Ferne einen prächtigen Palast mit hohen schlanken Säulen hereinschimmern. Kein Mensch war ringsum zu sehen, tiefe Stille herrschte überall. Nur hin und wieder erwachte manchmal eine Nachtigall und sang wie im Schlummer fast schluchzend. Florio betrachtete verwundert Bäume, Brunnen und Blumen, denn es war ihm, als sei das alles lange versunken, und über ihm ginge der Strom der Tage mit leichten, klaren Wellen, und unten läge nur der Garten gebunden und verzaubert und träumte von dem vergangenen Leben.

Er war noch nicht weit vorgedrungen, als er Lautenklänge vernahm, bald stärker, bald wieder in dem Rauschen der Springbrunnen leise verhallend. Lauschend blieb er stehen, die Töne kamen immer näher und näher, da trat plötzlich in dem stillen Bogengange eine hohe schlanke Dame von wundersamer Schönheit zwischen den Bäumen hervor, langsam wandelnd und ohne aufzublicken. Sie trug eine prächtige mit goldnem Bildwerk gezierte Laute im Arm, auf der sie, wie in tiefe Gedanken versunken, einzelne Akkorde griff. Ihr langes goldenes Haar fiel in reichen Locken über die fast blassen, blendend weißen Achseln bis auf den Rücken hinab; die langen weiten Ärmel, wie vom Blütenschnee gewoben, wurden von zierlichen goldenen Spangen gehalten; den schönen

Leib umschloß ein himmelblaues Gewand, ringsum an den Enden
mit buntglühenden, wunderbar ineinander verschlungenen Blumen
gestickt. Ein heller Sonnenblick durch eine Öffnung des Bogengan-
ges schweifte soeben scharf beleuchtend über die blühende Gestalt.
Florio fuhr innerlich zusammen – es waren unverkennbar die
Züge, die Gestalt des schönen Venusbildes, das er heute Nacht am
Weiher gesehen. – Sie aber sang, ohne den Fremden zu bemerken:

> »Was weckst du, Frühling, mich von neuem wieder?
> Daß all die alten Wünsche auferstehen,
> Geht übers Land ein wunderbares Wehen;
> Das schauert mir so lieblich durch die Glieder.
>
> Die schöne Mutter grüßen tausend Lieder,
> Die, wieder jung, im Brautkranz süß zu sehen;
> Der Wald will sprechen, rauschend Ströme gehen,
> Najaden tauchen singend auf und nieder.
>
> Die Rose seh ich gehn aus grüner Klause,
> Und, wie so buhlerisch die Lüfte fächeln,
> Errötend in die laue Luft sich dehnen.
>
> So mich auch ruft ihr aus dem stillen Hause –
> Und schmerzlich nun muß ich im Frühling lächeln,
> Versinkend zwischen Duft und Klang vor Sehnen.«

So singend wandelte sie fort, bald in dem Grünen verschwindend,
bald wiedererscheinend, immer ferner und ferner, bis sie sich
endlich in der Gegend des Palastes ganz verlor. Nun war es auf
einmal wieder still, nur die Bäume und Wasserkünste rauschten
wie vorher. Florio stand in blühende Träume versunken, es war
ihm, als hätte er die schöne Lautenspielerin schon lange gekannt
und nur in der Zerstreuung des Lebens wieder vergessen und
verloren, als ginge sie nun vor Wehmut zwischen dem Quellenrau-
schen unter und riefe ihn unaufhörlich, ihr zu folgen. – Tiefbewegt
eilte er weiter in den Garten hinein auf die Gegend zu, wo sie
verschwunden war. Da kam er unter uralten Bäumen an ein verfallenes Mauerwerk, an dem noch hin und wieder schöne Bildereien
halb kenntlich waren. Unter der Mauer auf zerschlagenen Marmor-
steinen und Säulenknäufen, zwischen denen hohes Gras und Blumen üppig hervorschossen, lag ein schlafender Mann ausgestreckt.
Erstaunt erkannte Florio den Ritter Donati. Aber seine Mienen

schienen im Schlafe sonderbar verändert, er sah fast wie ein Toter aus. Ein heimlicher Schauer überlief Florio bei diesem Anblick. Er rüttelte den Schlafenden heftig. Donati schlug langsam die Augen auf und sein erster Blick war so fremd, stier und wild, daß sich Florio ordentlich vor ihm entsetzte. Dabei murmelte er noch zwischen Schlaf und Wachen einige dunkle Worte, die Florio nicht verstand. Als er sich endlich völlig ermuntert hatte, sprang er rasch auf und sah Florio, wie es schien, mit großem Erstaunen an. »Wo bin ich«, rief dieser hastig, »wer ist die edle Herrin, die in diesem schönen Garten wohnt?« – »Wie seid Ihr«, frug dagegen Donati sehr ernst, »in diesen Garten gekommen?« Florio erzählte kurz den Hergang, worüber der Ritter in ein tiefes Nachdenken versank. Der Jüngling wiederholte darauf dringend seine vorigen Fragen, und Donati sagte zerstreut: »Die Dame ist eine Verwandte von mir, reich und gewaltig, ihr Besitztum ist weit im Lande verbreitet – Ihr findet sie bald da, bald dort – auch in der Stadt Lucca ist sie zuweilen.« – Florio fielen die flüchtig hingeworfenen Worte seltsam aufs Herz, denn es wurde ihm nun immer deutlicher, was ihn vorher nur vorübergehend angeflogen, nämlich, daß er die Dame schon einmal in früherer Jugend irgendwo gesehen, doch konnte er sich durchaus nicht klar besinnen.

Sie waren unterdes rasch fortgehend unvermerkt an das vergoldete Gittertor des Gartens gekommen. Es war nicht dasselbe, durch welches Florio vorhin eingetreten. Verwundert sah er sich in der unbekannten Gegend um; weit über die Felder weg lagen die Türme der Stadt im heitern Sonnenglanze. Am Gitter stand Donatis Pferd angebunden und scharrte schnaubend den Boden.

Schüchtern äußerte nun Florio den Wunsch, die schöne Herrin des Gartens künftig einmal wiederzusehen. Donati, der bis dahin noch immer in sich versunken war, schien sich erst hier plötzlich zu besinnen. »Die Dame«, sagte er mit der gewohnten umsichtigen Höflichkeit, »wird sich freuen, Euch kennenzulernen. Heute jedoch würden wir sie stören, und auch mich rufen dringende Geschäfte nach Hause. Vielleicht kann ich Euch morgen abholen.« Und hierauf nahm er in wohlgesetzten Reden Abschied von dem Jüngling, bestieg sein Roß und war bald zwischen den Hügeln verschwunden.

Florio sah ihm lange nach, dann eilte er wie ein Trunkener der Stadt zu. Dort hielt die Schwüle noch alle lebendigen Wesen in den Häusern, hinter den dunkelkühlen Jalousien. Alle Gassen und Plätze waren so leer, Fortunato auch noch nicht zurückgekehrt.

Dem Glücklichen wurde es hier zu enge, in trauriger Einsamkeit. Er bestieg schnell sein Pferd und ritt noch einmal ins Freie hinaus.

»Morgen, morgen!« schallte es in einem fort durch seine Seele. Ihm war so unbeschreiblich wohl. Das schöne Marmorbild war ja lebend geworden und von seinem Steine in den Frühling hinuntergestiegen, der stille Weiher plötzlich verwandelt zur unermeßlichen Landschaft, die Sterne darin zu Blumen und der ganze Frühling ein Bild der Schönen. – Und so durchschweifte er lange die schönen Täler um Lucca, den prächtigen Landhäusern, Kaskaden und Grotten wechselnd vorüber, bis die Wellen des Abendrots über dem Fröhlichen zusammenschlugen.

Die Sterne standen schon klar am Himmel, als er langsam durch die stillen Gassen nach seiner Herberge zog. Auf einem der einsamen Plätze stand ein großes schönes Haus, vom Monde hell erleuchtet. Ein Fenster war oben geöffnet, an dem er zwischen künstlich gezogenen Blumen hindurch zwei weibliche Gestalten bemerkte, die in ein lebhaftes Gespräch vertieft schienen. Mit Verwunderung hörte er mehreremal deutlich seinen Namen nennen. Auch glaubte er in den einzelnen abgerissenen Worten, die die Luft herüberwehte, die Stimme der wunderbaren Sängerin wiederzuerkennen. Doch konnte er vor den im Mondesglanz zitternden Blättern und Blüten nichts genau unterscheiden. Er hielt an, um mehr zu vernehmen. Da bemerkten ihn die beiden Damen, und es wurde auf einmal still droben.

Unbefriedigt ritt Florio weiter, aber wie er soeben um die Straßenecke bog, sah er, daß sich die eine von den Damen, noch einmal ihm nachblickend, zwischen den Blumen hinauslehnte und dann schnell das Fenster schloß.

Am folgenden Morgen, als Florio soeben seine Traumblüten abgeschüttelt und vergnügt aus dem Fenster über die in der Morgensonne funkelnden Türme und Kuppeln der Stadt hinaussah, trat unerwartet der Ritter Donati in das Zimmer. Er war ganz schwarz gekleidet und sah heute ungewöhnlich verstört, hastig und beinah wild aus. Florio erschrak ordentlich vor Freude, als er ihn erblickte, denn er gedachte sogleich der schönen Frau. »Kann ich sie sehen?« rief er ihm schnell entgegen. Donati schüttelte verneinend mit dem Kopfe und sagte, traurig vor sich auf den Boden hinsehend: »Heute ist Sonntag.« – Dann fuhr er rasch fort, sich sogleich wieder ermannend: »Aber zur Jagd wollt ich Euch abholen.« – »Zur Jagd?« – erwiderte Florio höchst verwundert, »heute am heiligen Tage?« – »Nun wahrhaftig«, fiel ihm der Ritter mit einem ingrimmigen, abscheulichen Lachen ins Wort, »Ihr wollt doch nicht etwa mit der Buhlerin unterm Arm zur Kirche wandern und im Winkel auf dem Fußschemel knieen und andächtig ›Gott helf‹ sagen, wenn die Frau Base niest.«‹ – »Ich weiß nicht, wie Ihr das meint«, sagte Florio, »und Ihr mögt immer über mich lachen, aber ich könnte heut nicht jagen. Wie da draußen alle Arbeit rastet, und Wälder und Felder so geschmückt aussehen zu Gottes Ehre, als zögen Engel durch das Himmelblau über sie hinweg – so still, so feierlich und gnadenreich ist diese Zeit!« – Donati stand in Gedanken am Fenster, und Florio glaubte zu bemerken, daß er heimlich schauderte, wie er so in die Sonntagsstille der Felder hinaussah.

Unterdes hatte sich der Glockenklang von den Türmen der Stadt erhoben und ging wie ein Beten durch die klare Luft. Da schien Donati erschrocken, er griff nach seinem Hut und drang beinah ängstlich in Florio, ihn zu begleiten, der es aber beharrlich verweigerte. »Fort, hinaus!« – rief endlich der Ritter halblaut und wie aus tiefster, geklemmter Brust herauf, drückte dem erstaunten Jüngling die Hand, und stürzte aus dem Hause fort.

Florio wurde recht heimatlich zumute, als darauf der frische klare Sänger Fortunato, wie ein Bote des Friedens, zu ihm ins Zimmer trat. Er brachte eine Einladung auf morgen abend nach einem Landhause vor der Stadt. »Macht Euch nur gefaßt«, setzte er hinzu, »Ihr werdet dort eine alte Bekannte treffen!« Florio erschrak ordentlich und fragte hastig: »Wen?« Aber Fortunato lehnte lustig alle Erklärungen ab und entfernte sich bald. Sollte es die schöne Sängerin sein? – dachte Florio still bei sich, und sein Herz schlug heftig.

Er begab sich dann in die Kirche, aber er konnte nicht beten, er war zu fröhlich zerstreut. Müßig schlenderte er durch die Gassen. Da sah alles so rein und festlich aus, schöngeputzte Herren und Damen zogen fröhlich und schimmernd nach den Kirchen. Aber, ach! die Schönste war nicht unter ihnen! – Ihm fiel dabei sein Abenteuer beim gestrigen Heimzuge ein. Er suchte die Gasse auf und fand bald das große schöne Haus wieder; aber sonderbar! die Tür war geschlossen, alle Fenster fest zu, es schien niemand darin zu wohnen.

Vergeblich schweifte er den ganzen folgenden Tag in der Gegend umher, um nähere Auskunft über seine unbekannte Geliebte zu erhalten, oder sie, wo möglich, gar wiederzusehen. Ihr Palast, sowie der Garten, den er in jener Mittagsstunde zufällig gefunden, war wie versunken, auch Donati ließ sich nicht erblicken. Ungeduldig schlug daher sein Herz vor Freude und Erwartung, als er endlich am Abend, der Einladung zufolge, mit Fortunato, der fortwährend den Geheimnisvollen spielte, zum Tore hinaus dem Landhause zuritt.

Es war schon völlig dunkel, als sie draußen ankamen. Mitten in einem Garten, wie es schien, lag eine zierliche Villa mit schlanken Säulen, über denen sich von der Zinne ein zweiter Garten von Orangen und vielerlei Blumen duftig erhob. Große Kastanienbäume standen umher und streckten kühn und seltsam beleuchtet ihre Riesenarme zwischen den aus den Fenstern dringenden Scheinen in die Nacht hinaus. Der Herr vom Hause, ein feiner fröhlicher Mann von mittleren Jahren, den aber Florio früher jemals gesehn zu haben sich nicht erinnerte, empfing den Sänger und seinen Freund herzlich an der Schwelle des Hauses und führte sie die breiten Stufen hinan in den Saal.

Eine fröhliche Tanzmusik scholl ihnen dort entgegen, eine große Gesellschaft bewegte sich bunt und zierlich durcheinander im Glanze unzähliger Lichter, die gleich Sternenkreisen in kristallenen Leuchtern über dem lustigen Schwarme schwebten. Einige tanzten, andere ergötzten sich in lebhaftem Gespräch, viele waren maskiert und gaben unwillkürlich durch ihre wunderliche Erscheinung dem anmutigen Spiele oft plötzlich eine tiefe, fast schauerliche Bedeutung.

Florio stand noch still geblendet, selber wie ein anmutiges Bild, zwischen den schönen schweifenden Bildern. Da trat ein zierliches Mädchen an ihn heran, in griechischem Gewande leicht geschürzt, die schönen Haare in künstliche Kränze geflochten. Eine Larve verbarg ihr halbes Gesicht und ließ die untere Hälfte nun desto rosiger und reizender sehen. Sie verneigte sich flüchtig, überreichte ihm eine Rose und war schnell wieder in dem Schwarme verloren.

In demselben Augenblicke bemerkte er auch, daß der Herr vom Hause dicht bei ihm stand, ihn prüfend ansah, aber schnell wegblickte, als Florio sich umwandte. –

Verwundert durchstrich nun der letztere die rauschende Menge. Was er heimlich gehofft, fand er nirgends, und er machte sich beinah Vorwürfe, dem fröhlichen Fortunato so leichtsinnig auf dieses Meer von Lust gefolgt zu sein, das ihn nun immer weiter von jener einsamen hohen Gestalt zu verschlagen schien. Sorglos umspülten indes die losen Wellen, schmeichlerisch neckend den Gedankenvollen und tauschten ihm unmerklich die Gedanken aus. Wohl kommt die Tanzmusik, wenn sie auch nicht unser Innerstes erschüttert und umkehrt, recht wie ein Frühling leise und gewaltig über uns, die Töne tasten zauberisch wie die ersten Sommerblicke nach der Tiefe und wecken alle die Lieder, die unten gebunden schliefen, und Quellen und Blumen und uralte Erinnerungen und das ganze eingefrorne, schwere, stockende Leben wird ein leichter klarer Strom, auf dem das Herz mit rauschenden Wimpeln den lange aufgegebenen Wünschen fröhlich wieder zufährt. So hatte die allgemeine Lust auch Florio gar bald angesteckt, ihm war recht leicht zumute, als müßten sich alle Rätsel, die so schwül auf ihm lasteten, lösen.

Neugierig suchte er nun die niedliche Griechin wieder auf. Er fand sie in einem lebhaften Gespräch mit andern Masken, aber er bemerkte wohl, daß auch ihre Augen mitten im Gespräch suchend abseits schweiften und ihn schon von fern wahrgenommen hatten. Er forderte sie zum Tanze. Sie verneigte sich freundlich, aber ihre bewegliche Lebhaftigkeit schien wie gebrochen, als er ihre Hand berührte und festhielt. Sie folgte ihm still und mit gesenktem Köpfchen, man wußte nicht, ob schelmisch, oder traurig. Die Musik begann, und er konnte keinen Blick verwenden von der reizenden Gauklerin, die ihn gleich den Zaubergestalten auf den alten fabelhaften Schildereien umschwebte. »Du kennst mich«, flüsterte sie kaum hörbar ihm zu, als sich einmal im Tanze ihre Lippen flüchtig beinah berührten.

Der Tanz war endlich aus, die Musik hielt plötzlich inne; da glaubte Florio seine schöne Tänzerin am anderen Ende des Saales noch einmal wiederzusehen. Es war dieselbe Tracht, dieselben Farben des Gewandes, derselbe Haarschmuck. Das schöne Bild schien unverwandt auf ihn herzusehen und stand fortwährend still im Schwarme der nun überall zerstreuten Tänzer, wie ein heiteres Gestirn zwischen dem leichten fliegenden Gewölk bald untergeht, bald lieblich wieder erscheint. Die zierliche Griechin schien die Erscheinung nicht zu bemerken, oder doch nicht zu beachten, sondern verließ, ohne ein Wort zu sagen, mit einem leisen flüchtigen Händedruck eilig ihren Tänzer.

Der Saal war unterdes ziemlich leer geworden. Alles schwärmte in den Garten hinab, um sich in der lauen Luft zu ergehen, auch jenes seltsame Doppelbild war verschwunden. Florio folgte dem Zuge und schlenderte gedankenvoll durch die hohen Bogengänge. Die vielen Lichter warfen einen zauberischen Schein zwischen das zitternde Laub. Die hin und her schweifenden Masken, mit ihren veränderten grellen Stimmen und wunderbarem Aufzuge, nahmen sich hier in der ungewissen Beleuchtung noch viel seltsamer und fast gespenstisch aus.

Er war eben, unwillkürlich einen einsamen Pfad einschlagend,
ein wenig von der Gesellschaft abgekommen, als er eine liebliche
Stimme zwischen den Gebüschen singen hörte:

»Über die beglänzten Gipfel
Fernher kommt es wie ein Grüßen,
Flüsternd neigen sich die Wipfel,
Als ob sie sich wollten küssen.

Ist er doch so schön und milde!
Stimmen gehen durch die Nacht,
Singen heimlich von dem Bilde –
Ach, ich bin so froh erwacht!

Plaudert nicht so laut, ihr Quellen!
Wissen darf es nicht der Morgen!
In der Mondnacht linde Wellen,
Senk ich stille Glück und Sorgen.« –

Florio folgte dem Gesange und kam auf einen offnen runden Ra-
senplatz, in dessen Mitte ein Springbrunnen lustig mit den Funken
des Mondlichts spielte. Die Griechin saß, wie eine schöne Najade,
auf dem steinernen Becken. Sie hatte die Larve abgenommen und
spielte gedankenvoll mit einer Rose in dem schimmernden Wasserspiegel. Schmeichlerisch schweifte der Mondschein über den
blendend weißen Nacken auf und nieder, ihr Gesicht konnte er
nicht sehen, denn sie hatte ihm den Rücken zugekehrt. – Als sie
die Zweige hinter sich rauschen hörte, sprang das schöne Bildchen
rasch auf, steckte die Larve vor und floh, schnell wie ein aufge-
scheuchtes Reh, wieder zur Gesellschaft zurück.

Florio mischte sich nun auch wieder in die bunten Reihen der
Spaziergehenden. Manch zierliches Liebeswort schallte da leise
durch die laue Luft, der Mondschein hatte mit seinen unsichtbaren
Fäden alle die Bilder wie in ein goldnes Liebesnetz verstrickt, in
das nur die Masken mit ihren ungeselligen Parodien manche ko-
mische Lücke gerissen. Besonders hatte Fortunato sich diesen
Abend mehreremal verkleidet und trieb fortwährend seltsam
wechselnd sinnreichen Spuk, immer neu und unerkannt, und oft
sich selber überraschend durch die Kühnheit und tiefe Bedeutsam-
keit seines Spieles, so daß er manchmal plötzlich still wurde vor
Wehmut, wenn die andern sich halb totlachen wollten. –

Die schöne Griechin ließ sich indes nirgends sehen, sie schien es absichtlich zu vermeiden, dem Florio wieder zu begegnen.

Dagegen hatte ihn der Herr vom Hause recht in Beschlag genommen. Künstlich und weit ausholend befragte ihn derselbe weitläufig um sein früheres Leben, seine Reisen und seinen künftigen Lebensplan. Florio konnte dabei gar nicht vertraulich werden, denn Pietro, so hieß jener, sah fortwährend so beobachtend aus, als läge hinter allen den feinen Redensarten irgendein besonderer Anschlag auf der Lauer. Vergebens sann er hin und her, dem Grunde dieser zudringlichen Neugier auf die Spur zu kommen.

Er hatte sich soeben wieder von ihm losgemacht, als er, um den Ausgang einer Allee herumbiegend, mehreren Masken begegnete, unter denen er unerwartet die Griechin wiedererblickte. Die Masken sprachen viel und seltsam durcheinander, die eine Stimme schien ihm bekannt, doch konnte er sich nicht deutlich besinnen. Bald darauf verlor sich eine Gestalt nach der andern, bis er sich am Ende, eh er sich dessen recht versah, allein mit dem Mädchen befand. Sie blieb zögernd stehen und sah ihn einige Augenblicke schweigend an. Die Larve war fort, aber ein kurzer, blütenweißer Schleier, mit allerlei wunderlichen goldgestickten Figuren verziert, verdeckte das Gesichtchen. Er wunderte sich, daß die Scheue nun so allein bei ihm aushielt.

»Ihr habt mich in meinem Gesange belauscht«, sagte sie endlich freundlich. Es waren die ersten lauten Worte, die er von ihr vernahm. Der melodische Klang ihrer Stimme drang ihm durch die Seele, es war, als rührte sie erinnernd an alles Liebe, Schöne und Fröhliche, was er im Leben erfahren. Er entschuldigte seine Kühnheit und sprach verwirrt von der Einsamkeit, die ihn verlockt, seiner Zerstreuung, dem Rauschen der Wasserkunst. – Einige Stimmen näherten sich unterdes dem Platze. Das Mädchen blickte scheu um sich und ging rasch tiefer in die Nacht hinein. Sie schien es gern zu sehen, daß Florio ihr folgte.

Kühn und vertraulicher bat er sie nun, sich nicht länger zu verbergen, oder doch ihren Namen zu sagen, damit ihre liebliche Erscheinung unter den tausend verwirrenden Bildern des Tages ihm nicht wieder verlorenginge. »Laßt das«, erwiderte sie träumerisch, »nehmt die Blumen des Lebens fröhlich, wie sie der Augenblick gibt, und forscht nicht nach den Wurzeln im Grunde, denn unten ist es freudlos und still.« Florio sah sie erstaunt an; er begriff nicht, wie solche rätselhafte Worte in den Mund des heitern Mädchens kamen. Das Mondlicht fiel eben wechselnd zwischen den Bäumen auf ihre Gestalt. Da kam es ihm auch vor, als sei sie nun größer, schlanker und edler, als vorhin beim Tanze und am Springbrunnen.

Sie waren indes bis an den Ausgang des Gartens gekommen. Kleine Lampe brannte mehr hier, nur manchmal hörte man noch eine Stimme in der Ferne verhallend. Draußen ruhte der weite Kreis der Gegend still und feierlich im prächtigen Mondschein. Auf einer Wiese, die vor ihnen lag, bemerkte Florio mehrere Pferde und Menschen, in dem Dämmerlichte halbkenntlich durcheinanderwirrend.

Hier blieb seine Begleiterin plötzlich stehen. »Es wird mich erfreuen«, sagte sie, »Euch einmal in meinem Hause zu sehen. Unser Freund wird Euch hingeleiten. – Lebt wohl!« – Bei diesen Worten schlug sie den Schleier zurück, und Florio fuhr erschrocken zusammen. – Es war die wunderbare Schöne, deren Gesang er in jenem mittagschwülen Garten belauscht. – Aber ihr Gesicht, das der Mond hell beschien, kam ihm bleich und regungslos vor, fast wie damals das Marmorbild am Weiher.

Er sah nun, wie sie über die Wiese dahinging, von mehreren reichgeschmückten Dienern empfangen wurde, und in einem schnell umgeworfenen schimmernden Jagdkleide einen schneeweißen Zelter bestieg. Wie festgebannt von Staunen, Freude und einem heimlichen Grauen, das ihn innerlichst überschlich, blieb er stehen, bis Pferde, Reiter und die ganze seltsame Erscheinung in die Nacht verschwunden war.

Ein Rufen aus dem Garten weckte ihn endlich aus seinen Träumen. Er erkannte Fortunatos Stimme und eilte, den Freund zu erreichen, der ihn schon längst vermißt und vergebens aufgesucht hatte. Dieser wurde seiner kaum gewahr, als er ihm schon entgegensang:

>>Still in Luft
Es gebart,
Aus dem Duft
Hebt sich's zart,
Liebchen ruft,
Liebster schweift
Durch die Luft;
Sternwärts greift,
Seufzt und ruft,
Herz wird bang,
Matt wird Duft,
Zeit wird lang

                    – Mondscheinduft
                    Luft in Luft
                    Bleibt Liebe und Liebste, wie sie gewesen!

Aber wo seid Ihr denn auch so lange herumgeschwebt?« schloß
er endlich lachend. – Um keinen Preis hätte Florio sein Geheimnis
verraten können. »Lange?« erwiderte er nur, selber erstaunt. Denn
in der Tat war der Garten unterdes ganz leer geworden, alle Beleuchtung fast erloschen, nur wenige Lampen flackerten noch un-
gewiß, wie Irrlichter, im Winde hin und her.

Fortunato drang nicht weiter in den Jüngling, und schweigend
stiegen sie in dem still gewordenen Hause die Stufen hinan. »Ich
löse nun mein Wort«, sagte Fortunato, indem sie auf der Terrasse
über dem Dache der Villa anlangten, wo noch eine kleine Gesellschaft unter dem heiter gestirnten Himmel versammelt war. Florio
erkannte sogleich mehrere Gesichter, die er an jenem ersten fröhlichen Abend bei den Zelten gesehen. Mitten unter ihnen erblickte
er auch seine schöne Nachbarin wieder. Aber der fröhliche Blumenkranz fehlte heute in den Haaren, ohne Band, ohne Schmuck
wallten die schönen Locken um das Köpfchen und den zierlichen
Hals. Er stand fast betroffen still bei dem Anblick. Die Erinnerung
an jenen Abend überflog ihn mit einer seltsam wehmütigen Gewalt.
Es war ihm, als sei das schon lange her, so ganz anders war alles
seitdem geworden.

Das Fräulein wurde Bianca genannt, und ihm als Pietros Nichte
vorgestellt. Sie schien ganz verschüchtert, als er sich ihr näherte,
und wagte es kaum, zu ihm aufzublicken. Er äußerte ihr seine
Verwunderung, sie diesen Abend hindurch nicht gesehen zu haben.
»Ihr habt mich öfter gesehen«, sagte sie leise, und er glaubte dieses
Flüstern wiederzuerkennen. – Währenddes wurde sie die Rose an
seiner Brust gewahr, welche er von der Griechin erhalten, und
schlug errötend die Augen nieder. Florio bemerkte es wohl, ihm
fiel dabei ein, wie er nach dem Tanze die Griechin doppelt gesehen.
Mein Gott! dachte er verwirrt bei sich, wer war denn das? –

»Es ist gar seltsam«, unterbrach sie ablenkend das Stillschweigen,
»so plötzlich aus der lauten Lust in die weite Nacht hinauszutreten.
Seht nur, die Wolken gehn oft so schreckhaft wechselnd über den
Himmel, daß man wahnsinnig werden müßte, wenn man lange
hineinsähe; bald wie ungeheure Mondgebirge mit schwindligen
Abgründen und schrecklichen Zacken, ordentlich wie Gesichter,
bald wieder wie Drachen, oft plötzlich lange Hälse ausstreckend,
und drunter schießt der Fluß heimlich wie eine goldne Schlange

durch das Dunkel, das weiße Haus da drüben sieht aus wie ein stilles Marmorbild.« – »Wo?« fuhr Florio, bei diesem Worte heftig erschreckt, aus seinen Gedanken auf. – Das Mädchen sah ihn verwundert an, und beide schwiegen einige Augenblicke still. – »Ihr werdet Lucca verlassen?« sagte sie endlich zögernd und leise, als fürchtete sie sich vor einer Antwort. »Nein«, erwiderte Florio zerstreut, »doch, ja, ja, bald, recht sehr bald!« – Sie schien noch etwas sagen zu wollen, wandte aber plötzlich, die Worte zurückdrängend, ihr Gesicht ab in die Dunkelheit.

Er konnte endlich den Zwang nicht länger aushalten. Sein Herz war so voll und gepreßt und doch so überselig. Er nahm schnell Abschied, eilte hinab und ritt ohne Fortunato und alle Begleitung in die Stadt zurück.

Das Fenster in seinem Zimmer stand offen, er blickte flüchtig noch einmal hinaus. Die Gegend draußen lag unkenntlich und still wie eine wunderbar verschränkte Hieroglyphe im zauberischen Mondschein. Er schloß das Fenster fast erschrocken und warf sich auf sein Ruhebett hin, wo er als ein Fieberkranker in die wunderlichsten Träume versank.

Bianca aber saß noch lange auf der Terrasse oben. Alle andern hatten sich zur Ruhe begeben, hin und wieder erwachte schon manche Lerche, mit ungewissem Liede hoch durch die stille Luft schweifend; die Wipfel der Bäume fingen an sich unten zu rühren, falbe Morgenlichter flogen wechselnd über ihr erwachtes, von den freigelassenen Locken nachlässig umwalltes Gesicht. – Man sagt, daß einem Mädchen, wenn sie in einem, aus neunerlei Blumen geflochtenen Kranze einschläft, ihr künftiger Bräutigam im Traume erscheine. So eingeschlummert hatte Bianca nach jenem Abend bei den Zelten Florio im Traume gesehen. – Nun war alles Lüge, er war ja so zerstreut, so kalt und fremde! – Sie zerpflückte die trügerischen Blumen, die sie bis jetzt wie einen Brautkranz aufbewahrt. Dann lehnte sie die Stirn an das kalte Geländer und weinte aus Herzensgrunde.

Mehrere Tage waren seitdem vergangen, da befand sich Florio eines Nachmittags bei Donati auf seinem Landhause vor der Stadt. An einem mit Früchten und kühlem Wein besetzten Tische verbrachten sie die schwülen Stunden unter anmutigen Gesprächen, bis die Sonne schon tief hinabgesunken war. Währenddes ließ Donati seinen Diener auf der Gitarre spielen, der ihr gar liebliche Töne zu entlocken wußte. Die großen, weiten Fenster standen dabei offen, durch welche die lauen Abendlüfte den Duft vielfacher Blumen, mit denen das Fenster besetzt war, hineinwehten. Draußen lag die Stadt im farbigen Duft zwischen den Gärten und Weinbergen, von denen ein fröhliches Schallen durch die Fenster heraufkam. Florio war innerlichst vergnügt, denn er gedachte im stillen immerfort der schönen Frau.

Währenddes ließen sich draußen Waldhörner aus der Ferne vernehmen. Bald näher, bald weit, gaben sie einander unablässig anmutig Antwort von den grünen Bergen. Donati trat ans Fenster. »Das ist die Dame«, sagte er, »die Ihr in dem schönen Garten gesehen habt, sie kehrt soeben von der Jagd nach ihrem Schlosse zurück.« Florio blickte hinaus. Da sah er das Fräulein auf einem schönen Zelter unten über den grünen Anger ziehen. Ein Falke, mit einer goldenen Schnur an ihren Gürtel befestigt, saß auf ihrer Hand, ein Edelstein an ihrer Brust warf in der Abendsonne lange, grünlichgoldne Scheine über die Wiese hin. Sie nickte freundlich zu ihm herauf.

»Das Fräulein ist nur selten zu Hause«, sagte Donati, »wenn es Euch gefällig wäre, könnten wir sie noch heute besuchen.« Florio fuhr bei diesen Worten freudig aus dem träumerischen Schauen, in das er versunken stand, er hätte dem Ritter um den Hals fallen mögen. – Und bald saßen beide draußen zu Pferde.

Sie waren noch nicht lange geritten, als sich der Palast mit seiner heitern Säulenpracht vor ihnen erhob, ringsum von dem schönen Garten, wie von einem fröhlichen Blumenkranz umgeben. Von Zeit zu Zeit schwangen sich Wasserstrahlen von den vielen Springbrunnen, wie jauchzend, bis über die Wipfel der Gebüsche, hell im Abendgolde funkelnd. – Florio verwunderte sich, wie er bisher niemals den Garten wiederfinden konnte. Sein Herz schlug laut vor Entzücken und Erwartung, als sie endlich bei dem Schlosse anlangten.

Mehrere Diener eilten herbei, ihnen die Pferde abzunehmen. Das Schloß selbst war ganz von Marmor, und seltsam, fast wie ein heidnischer Tempel erbaut. Das schöne Ebenmaß aller Teile, die wie jugendliche Gedanken hoch aufstrebenden Säulen, die künstlichen Verzierungen, sämtliche Geschichten aus einer fröhlichen, lange versunkenen Welt darstellend, die schönen marmornen Götterbilder endlich, die überall in den Nischen umherstanden, alles erfüllte die Seele mit einer unbeschreiblichen Heiterkeit. Sie betraten nun die weite Halle, die durch das ganze Schloß hindurchging. Zwischen den luftigen Säulen glänzte und wehte ihnen überall der Garten duftig entgegen.

Auf den breiten glattpolierten Stufen, die in den Garten hinab-
führten, trafen sie endlich auch die schöne Herrin des Palastes,
die sie mit großer Anmut willkommen hieß. – Sie ruhte, halb lie-
gend, auf einem Ruhebett von köstlichen Stoffen. Das Jagdkleid
hatte sie abgelegt, ein himmelblaues Gewand, von einem wunderbar
zierlichen Gürtel zusammengehalten, umschloß die schönen Glieder. Ein Mädchen, neben ihr kniend, hielt ihr einen reichverzierten
Spiegel vor, während mehrere andere beschäftigt waren, ihre anmutige Gebieterin mit Rosen zu schmücken. Zu ihren Füßen war
ein Kreis von Jungfrauen auf dem Rasen gelagert, die sangen mit
abwechselnden Stimmen zur Laute, bald hinreißend fröhlich, bald
leise klagend, wie Nachtigallen in warmen Sommernächten einander Antwort geben.

In dem Garten selbst sah man überall ein erfrischendes Wehen
und Regen. Viele fremde Herren und Damen wandelten da zwischen den Rosengebüschen und Wasserkünsten in artigen Gesprächen auf und nieder. Reichgeschmückte Edelknaben reichten Wein
und mit Blumen verdeckte Orangen und Früchte in silbernen
Schalen umher. Weiter in der Ferne, wie die Lautenklänge und
die Abendstrahlen so über die Blumenfelder dahinglitten, erhoben
sich hin und her schöne Mädchen, wie aus Mittagsträumen erwachend, aus den Blumen, schüttelten die dunkeln Locken aus der
Stirn, wuschen sich die Augen in den klaren Springbrunnen, und
mischten sich dann auch in den fröhlichen Schwarm.

Florios Blicke schweiften wie geblendet über die bunten Bilder,
immer mit neuer Trunkenheit wieder zu der schönen Herrin des
Schlosses zurückkehrend. Diese ließ sich in ihrem kleinen anmutigen Geschäft nicht stören. Bald etwas an ihrem dunkeln duftenden
Lockengeflecht verbessernd, bald wieder im Spiegel sich betrach-
tend, sprach sie dabei fortwährend zu dem Jüngling, mit gleichgül-
tigen Dingen in zierlichen Worten holdselig spielend. Zuweilen
wandte sie sich plötzlich um und blickte ihn unter den Rosenkrän-
zen so unbeschreiblich lieblich an, daß es ihm durch die innerste
Seele ging. –

Die Nacht hatte indes schon angefangen, zwischen die fliegenden
Abendlichter hinein zu dunkeln, das lustige Schallen im Garten
wurde nach und nach zum leisen Liebesgeflüster, der Mondschein
legte sich zauberisch über die schönen Bilder. Da erhob sich die
Dame von ihrem blumigen Sitze und faßte Florio freundlich bei
der Hand, um ihn in das Innere ihres Schlosses zu führen, von
dem er bewundernd gesprochen. Viele von den andern folgten
ihnen nach. Sie gingen einige Stufen auf und nieder, die Gesell-

schaft zerstreute sich inzwischen lustig, lachend und scherzend durch die vielfachen Säulengänge, auch Donati war im Schwarme verloren, und bald befand sich Florio mit der Dame allein in einem der prächtigsten Gemächer des Schlosses.

Die schöne Führerin ließ sich hier auf mehrere am Boden liegende seidene Kissen nieder. Sie warf dabei, zierlich wechselnd, ihren weiten, blütenweißen Schleier in die mannigfaltigsten Richtungen, immer schönere Formen bald enthüllend, bald lose verbergend. Florio betrachtete sie mit flammenden Augen. Da begann auf einmal draußen in dem Garten ein wunderschöner Gesang. Es war ein altes frommes Lied, das er in seiner Kindheit oft gehört und seitdem über den wechselnden Bildern der Reise fast vergessen hatte. Er wurde ganz zerstreut, denn es kam ihm zugleich vor, als wäre es Fortunatos Stimme. – »Kennt Ihr den Sänger?« fragte er rasch die Dame. Diese schien ordentlich erschrocken und verneinte es verwirrt. Dann saß sie lange im stummen Nachsinnen da.

Florio hatte unterdes Zeit und Freiheit, die wunderlichen Verzierungen des Gemaches genau zu betrachten. Es war nur matt durch einige Kerzen erleuchtet, die von zwei ungeheuren, aus der Wand hervorragenden Armen gehalten wurden. Hohe, ausländische Blumen, die in künstlichen Krügen umherstanden, verbreiteten einen berauschenden Duft. Gegenüber stand eine Reihe marmorner Bildsäulen, über deren reizende Formen die schwankenden Lichter lüstern auf und nieder schweiften. Die übrigen Wände füllten köstliche Tapeten mit in Seide gewirkten lebensgroßen Historien von ausnehmender Frische.

Mit Verwunderung glaubte Florio, in allen den Damen, die er in diesen letzteren Schildereien erblickte, die schöne Herrin des Hauses deutlich wiederzuerkennen. Bald erschien sie, den Falken auf der Hand, wie er sie vorhin gesehen hatte, mit einem jungen Ritter auf die Jagd reitend, bald war sie in einem prächtigen Rosengarten vorgestellt, wie ein anderer schöner Edelknabe auf den Knien zu ihren Füßen lag.

Da flog es ihn plötzlich wie von den Klängen des Liedes draußen an, daß er zu Hause in früher Kindheit oftmals ein solches Bild gesehen, eine wunderschöne Dame in derselben Kleidung, einen Ritter zu ihren Füßen, hinten einen weiten Garten mit vielen Springbrunnen und künstlich geschnittenen Alleen, geradeso wie vorhin der Garten draußen erschienen. Auch Abbildungen von Lucca und anderen berühmten Städten erinnerte er sich dort gesehen zu haben.

Er erzählte es nicht ohne tiefe Bewegung der Dame. »Damals«, sagte er in Erinnerungen verloren, »wenn ich so an schwülen Nachmittagen in dem einsamen Lusthause unseres Gartens vor den alten Bildern stand und die wunderlichen Türme der Städte, die Brücken und Alleen betrachtete, wie da prächtige Karossen fuhren und stattliche Kavaliers einherritten, die Damen in den Wagen begrüßend – da dachte ich nicht, daß das alles einmal lebendig werden würde um mich herum. Mein Vater trat dabei oft zu mir und erzählte mir manch lustiges Abenteuer, das ihm auf seinen jugendlichen Heeresfahrten in der und jener von den abgemalten Städten begegnet. Dann pflegte er gewöhnlich lange Zeit nachdenklich in dem stillen Garten auf und ab zu gehen. – Ich aber warf mich in das tiefste Gras und sah stundenlang zu, wie Wolken über die schwüle Gegend wegzogen. Die Gräser und Blumen schwankten leise hin und her über mir, als wollten sie seltsame Träume weben, die Bienen summten dazwischen so sommerhaft und in einem fort – ach! das ist alles wie ein Meer von Stille, in dem das Herz vor Wehmut untergehen möchte!« – »Laßt nur das!« sagte hier die Dame wie in Zerstreuung, »ein jeder glaubt mich schon einmal gesehen zu haben, denn mein Bild dämmert und blüht wohl in allen Jugendträumen mit herauf.« Sie streichelte dabei beschwichtigend dem schönen Jüngling die braunen Locken aus der klaren Stirn. – Florio aber stand auf, sein Herz war zu voll und tief bewegt, er trat ans offne Fenster. Da rauschten die Bäume, hin und her schlug eine Nachtigall, in der Ferne blitzte es zuweilen. Über den stillen Garten weg zog immerfort der Gesang wie ein klarer kühler Strom, aus dem die alten Jugendträume herauftauchten. Die Gewalt dieser Töne hatte seine ganze Seele in tiefe Gedanken versenkt, er kam sich auf einmal hier so fremd, und wie aus sich selber verirrt vor. Selbst die letzten Worte der Dame, die er sich nicht recht zu deuten wußte, beängstigten ihn sonderbar – da sagte er leise aus tiefstem Grunde der Seele: »Herr Gott, laß mich nicht verlorengehen in der Welt!« Kaum hatte er die Worte innerlichst ausgesprochen, als sich draußen ein trüber Wind, wie von dem herannahenden Gewitter, erhob und ihn verwirrend anwehte. Zu gleicher Zeit bemerkte er an dem Fenstergesimse Gras und einzelne Büschel von Kräutern wie auf altem Gemäuer. Eine Schlange fuhr zischend daraus hervor und stürzte mit dem grünlichgoldenen Schweife sich ringelnd in den Abgrund hinunter.

Erschrocken verließ Florio das Fenster und kehrte zu der Dame zurück. Diese saß unbeweglich still, als lauschte sie. Dann stand sie rasch auf, ging ans Fenster und sprach mit anmutiger Stimme scheltend in die Nacht hinaus. Florio konnte aber nichts verstehen, denn der Sturm riß die Worte gleich mit sich fort. – Das Gewitter schien indes immer näher zu kommen, der Wind, zwischen dem noch immerfort einzelne Töne des Gesanges herzzerreißend heraufflogen, strich pfeifend durch das ganze Haus und drohte die wild hin und her flackernden Kerzen zu verlöschen. Ein langer Blitz erleuchtete soeben das dämmernde Gemach. Da fuhr Florio plötzlich einige Schritte zurück, denn es war ihm, als stünde die Dame starr mit geschlossenen Augen und ganz weißem Antlitz und Armen vor ihm. – Mit dem flüchtigen Blitzesscheine jedoch verschwand auch das schreckliche Gesicht wieder, wie es entstanden. Die alte Dämmerung füllte wieder das Gemach, die Dame sah ihn wieder lächelnd an wie vorhin, aber stillschweigend und wehmütig, wie mit schwerverhaltenen Tränen.

Florio hatte indes, im Schreck zurücktaumelnd, eines von den steinernen Bildern, die an der Wand herumstanden, angestoßen. In demselben Augenblicke begann dasselbe sich zu rühren, die Regung teilte sich schnell den andern mit, und bald erhoben sich alle die Bilder mit furchtbarem Schweigen von ihrem Gestelle. Florio zog seinen Degen und warf einen ungewissen Blick auf die Dame. Als er aber bemerkte, daß dieselbe, bei den indes immer gewaltiger verschwellenden Tönen des Gesanges im Garten, immer bleicher und bleicher wurde, gleich einer versinkenden Abendröte, worin endlich auch die lieblich spielenden Augensterne unterzugehen schienen, da erfaßte ihn ein tödliches Grauen. Denn auch die hohen Blumen in den Gefäßen fingen an, sich wie buntgefleckte bäumende Schlangen gräßlich durcheinanderzuwinden, alle Ritter auf den Wandtapeten sahen auf einmal aus wie er und lachten ihn hämisch an; die beiden Arme, welche die Kerzen hielten, rangen und reckten sich immer länger, als wolle ein ungeheurer Mann aus der Wand sich hervorarbeiten, der Saal füllte sich mehr und mehr, die Flammen des Blitzes warfen gräßliche Scheine zwischen die Gestalten, durch deren Gewimmel Florio die steinernen Bilder mit solcher Gewalt auf sich losdringen sah, daß ihm die Haare zu Berge standen. Das Grausen überwältigte alle seine Sinne, er stürzte verworren aus dem Zimmer durch die öden, widerhallenden Gemächer und Säulengänge hinab.

Unten im Garten lag seitwärts der stille Weiher, den er in jener ersten Nacht gesehen, mit dem marmornen Venusbilde. – Der Sänger Fortunato, so kam es ihm vor, fuhr abgewendet und hoch aufrecht stehend im Kahne mitten auf dem Weiher, noch einzelne Akkorde in seine Gitarre greifend. – Florio aber hielt auch diese

Erscheinung für ein verwirrendes Blendwerk der Nacht und eilte
fort und fort, ohne sich umzusehen, bis Weiher, Garten und Palast
weit hinter ihm versunken waren. Die Stadt ruhte, hell vom
Monde beschienen, vor ihm. Fernab am Horizonte verhallte nur
ein leichtes Gewitter, es war eine prächtig klare Sommernacht.

Schon flogen einzelne Lichtstreifen über den Morgenhimmel,
als er vor den Toren ankam. Er suchte dort heftig Donatis Woh-
nung auf, ihn wegen der Begebenheiten dieser Nacht zur Rede zu
stellen. Das Landhaus lag auf einem der höchsten Plätze mit der
Aussicht über die Stadt und die ganze umliegende Gegend. Er
fand daher die anmutige Stelle bald wieder. Aber anstatt der zierlichen Villa, in der er gestern gewesen, stand nur eine niedere
Hütte da, ganz von Weinlaub überrankt und von einem kleinem
Gärtchen umschlossen. Tauben, in den ersten Morgenstrahlen
spiegelnd, gingen girrend auf dem Dache auf und nieder, ein tiefer,
heiterer Friede herrschte überall. Ein Mann mit dem Spaten auf
der Achsel kam soeben aus dem Hause und sang:

»Vergangen ist die finstre Nacht,
Des Bösen Trug und Zaubermacht,
Zur Arbeit weckt der lichte Tag;
Frisch auf, wer Gott noch loben mag!«

Er brach sein Lied plötzlich ab, als er den Fremden so bleich und
mit verworrenem Haar daherfliegen sah. – Ganz verwirrt fragte
Florio nach Donati. Der Gärtner aber kannte den Namen nicht
und schien den Fragenden für wahnsinnig zu halten. Seine Tochter
dehnte sich auf der Schwelle in die kühle Morgenluft hinaus und
sah den Fremden frisch und morgenklar mit den großen, verwun-
derten Augen an. – »Mein Gott! wo bin ich denn so lange gewesen!« sagte Florio halb leise in sich, und floh eilig zurück durch
das Tor und die noch leeren Gassen in die Herberge.

Hier verschloß er sich in sein Zimmer und versank ganz und
gar in ein hinstarrendes Nachsinnen. Die unbeschreibliche
Schönheit der Dame, wie sie so langsam vor ihm verblich und die
anmutigen Augen untergingen, hatte in seinem tiefsten Herzen
eine solche unendliche Wehmut zurückgelassen, daß er sich unwi-
derstehlich sehnte, hier zu sterben. –

In solchem unseligen Brüten und Träumen blieb er den ganzen
Tag und die darauffolgende Nacht hindurch.

Die früheste Morgendämmerung fand ihn schon zu Pferde vor den Toren der Stadt. Das unermüdliche Zureden seines getreuen Dieners hatte ihn endlich zu dem Entschlusse bewogen, diese Gegend gänzlich zu verlassen. Langsam und in sich gekehrt zog er nun die schöne Straße, die von Lucca in das Land hinausführte, zwischen den dunkelnden Bäumen, in denen die Vögel noch schliefen, dahin. Da gesellten sich, nicht gar fern von der Stadt, noch drei andere Reiter zu ihm. Nicht ohne heimlichen Schauer erkannte er in dem einen den Sänger Fortunato. Der andere war Fräulein Biancas Oheim, in dessen Landhause er an jenem verhängnisvollen Abende getanzt. Er wurde von einem Knaben begleitet, der stillschweigend und ohne viel aufzublicken, neben ihm herritt. Alle drei hatten sich vorgenommen, miteinander das schöne Italien zu durchschweifen, und luden Florio freundlich ein, mit ihnen zu reisen. Er aber verneigte sich schweigend, weder einwilligend, noch verneinend, und nahm fortwährend an allen ihren Gesprächen nur geringen Anteil.

Die Morgenröte erhob sich indes immer höher und kühler über der wunderschönen Landschaft vor ihnen. Da sagte der heitre Pietro zu Fortunato: »Seht nur, wie seltsam das Zwielicht über dem Gestein der alten Ruine auf dem Berge dort spielt! Wie oft bin ich, schon als Knabe, mit Erstaunen, Neugier und heimlicher Scheu dort herumgeklettert! Ihr seid so vieler Sagen kundig, könnt Ihr uns nicht Auskunft geben von dem Ursprung und Verfall dieses Schlosses, von dem so wunderliche Gerüchte im Lande gehen?« – Florio warf einen Blick nach dem Berge. In einer großen Einsamkeit lag da altes verfallenes Gemäuer umher, schöne, halb in die Erde versunkene Säulen und künstlich gehauene Steine, alles von einer üppig blühenden Wildnis grünverschlungener Ranken, Hecken und hohen Unkrauts überdeckt. Ein Weiher befand sich daneben, über dem sich ein zum Teil zertrümmertes Marmorbild erhob, hell vom Morgen angeglüht. Es war offenbar dieselbe Gegend, dieselbe Stelle, wo er den schönen Garten und die Dame gesehen hatte. – Er schauerte innerlichst zusammen bei dem Anblicke.– Fortunato aber sagte: »Ich weiß ein altes Lied darauf, wenn ihr damit fürliebnehmen wollt.« – Und hiermit sang er, ohne sich lange zu besinnen, mit seiner klaren fröhlichen Stimme in die heitere Morgenluft hinaus:

»Von kühnen Wunderbildern
Ein großer Trümmerhauf,

In reizendem Verwildern
Ein blühnder Garten drauf.

Versunknes Reich zu Füßen,
Vom Himmel fern und nah,
Aus andrem Reich ein Grüßen –
Das ist Italia!

Wenn Frühlingslüfte wehen
Hold überm grünen Plan,
Ein leises Auferstehen
Hebt in den Tälern an.

Da will sich's unten rühren
Im stillen Göttergrab,
Der Mensch kann's schauernd spüren
Tief in die Brust hinab.

Verwirrend in den Bäumen
Gehn Stimmen hin und her,
Ein sehnsuchtsvolles Träumen
Weht übers blaue Meer.

Und unterm duft'gen Schleier,
Sooft der Lenz erwacht,
Webt in geheimer Feier
Die alte Zaubermacht.

Frau Venus hört das Locken,
Der Vögel heitern Chor,
Und richtet froh erschrocken
Aus Blumen sich empor.

Sie sucht die alten Stellen,
Das luft'ge Säulenhaus,
Schaut lächelnd in die Wellen
Der Frühlingsluft hinaus.

Doch öd sind nun die Stellen,
Stumm liegt ihr Säulenhaus,
Gras wächst da auf den Schwellen,
Der Wind zieht ein und aus.

Wo sind nun die Gespielen?
Diana schläft im Wald,
Neptunus ruht im kühlen
Meerschloß, das einsam hallt.

Zuweilen nur Sirenen
Noch tauchen aus dem Grund,
Und tun in irren Tönen
Die tiefe Wehmut kund. –

Sie selbst muß sinnend stehen
So bleich im Frühlingsschein,
Die Augen untergehen,
Der schöne Leib wird Stein. –

Denn über Land und Wogen
Erscheint, so still und mild,
Hoch auf dem Regenbogen
Ein andres Frauenbild.

Ein Kindlein in den Armen
Die Wunderbare hält,
Und himmlisches Erbarmen
Durchdringt die ganze Welt.

Da in den lichten Räumen
Erwacht das Menschenkind,
Und schüttelt böses Träumen
Von seinem Haupt geschwind.

Und, wie die Lerche singend,
Aus schwülen Zaubers Kluft
Erhebt die Seele ringend
Sich in die Morgenluft.«

Alle waren still geworden über dem Liede. – »Jene Ruine«, sagte endlich Pietro, »wäre also ein ehemaliger Tempel der Venus, wenn ich Euch sonst recht verstanden?« – »Allerdings«, erwiderte Fortunato, »soviel man an der Anordnung des Ganzen und den noch übriggebliebenen Verzierungen abnehmen kann. Auch sagt man, der Geist der schönen Heidengöttin habe keine Ruhe gefunden. Aus der erschrecklichen Stille des Grabes heißt sie das Andenken an die irdische Lust jeden Frühling immer wieder in die grüne Einsamkeit ihres verfallenen Hauses heraufsteigen und durch teuflisches Blendwerk die alte Verführung üben an jungen sorglosen Gemütern, die dann vom Leben abgeschieden, und doch auch nicht aufgenommen in den Frieden der Toten, zwischen wilder Lust und schrecklicher Reue, an Leib und Seele verloren, umherirren, und in der entsetzlichsten Täuschung sich selber verzehren. Gar häufig will man auf demselben Platze Anfechtungen von Gespenstern verspürt haben, wo sich bald eine wunderschöne Dame, bald mehrere ansehnliche Kavaliers sehen lassen und die Vorübergehenden in einen dem Auge vorgestellten erdichteten Garten und Palast führen.« – »Seid Ihr jemals droben gewesen?« fragte hier Florio rasch, aus seinen Gedanken erwachend. – »Erst vorgestern abends«, entgegnete Fortunato. – »Und habt Ihr nichts Erschreckliches gesehen?« – »Nichts«, sagte der Sänger, »als den stillen Weiher und die weißen rätselhaften Steine im Mondlicht umher und den weiten unendlichen Sternenhimmel darüber. Ich sang ein altes frommes Lied, eines von jenen ursprünglichen Liedern, die, wie Erinnerungen und Nachklänge aus einer andern heimatlichen Welt, durch das Paradiesgärtlein unsrer Kindheit ziehen und ein rechtes Wahrzeichen sind, an dem sich alle Poetische später in dem älter gewordenen Leben immer wiedererkennen. Glaubt mir, ein redlicher Dichter kann viel wagen, denn die Kunst, die ohne Stolz und Frevel, bespricht und bändigt die wilden Erdengeister, die aus der Tiefe nach uns langen.«

Alle schwiegen, die Sonne ging soeben auf vor ihnen und warf ihre funkelnden Lichter über die Erde. Da schüttelte Florio sich an allen Gliedern, sprengte rasch eine Strecke den andern voraus, und sang mit heller Stimme:

»Hier bin ich, Herr! Gegrüßt das Licht,
Das durch die stille Schwüle
Der müden Brust gewaltig bricht,
Mit seiner strengen Kühle.

Nun bin ich frei! ich taumle noch
Und kann mich noch nicht fassen –
O Vater, du erkennst mich doch,
Und wirst nicht von mir lassen!«

Es kommt nach allen heftigen Gemütsbewegungen, die unser ganzes Wesen durchschüttern, eine stillklare Heiterkeit über die

Seele, gleich wie die Felder nach einem Gewitter frischer grünen und aufatmen. So fühlte sich auch Florio nun innerlichst erquickt, er blickte wieder recht mutig um sich und erwartete beruhigt die Gefährten, die langsam im Grünen nachgezogen kamen.

Der zierliche Knabe, welcher Pietro begleitete, hatte unterdes auch, wie Blumen vor den ersten Morgenstrahlen, das Köpfchen erhoben. – Da erkannte Florio mit Erstaunen Fräulein Bianca. Er erschrak, wie sie so bleich aussah gegen jenen Abend, da er sie zum erstenmal unter den Zelten im reizenden Mutwillen gesehen. Die Arme war mitten in ihren sorglosen Kinderspielen von der Gewalt der ersten Liebe überrascht worden. Und als dann der heißgeliebte Florio, den dunkeln Mächten folgend, so fremd wurde und sich immer weiter von ihr entfernte, bis sie ihn endlich ganz verloren geben mußte, da versank sie in eine tiefe Schwermut, deren Geheimnis sie niemand anzuvertrauen wagte. Der kluge Pietro wußte es aber wohl und hatte beschlossen, seine Nichte weit fortzuführen und sie in fremden Gegenden und in einem andern Himmelsstrich, wo nicht zu heilen, doch zu zerstreuen und zu erhalten. Um ungehinderter reisen zu können, und zugleich alles Vergangene gleichsam von sich abzustreifen, hatte sie Knabentracht anlegen müssen.

Mit Wohlgefallen ruhten Florios Blicke auf der lieblichen Gestalt. Eine seltsame Verblendung hatte bisher seine Augen wie mit einem Zaubernebel umfangen. Nun erstaunte er ordentlich, wie schön sie war! Er sprach vielerlei gerührt und mit tiefer Innigkeit zu ihr. Da ritt sie, ganz überrascht von dem unverhofften Glück, und in freudiger Demut, als verdiene sie solche Gnade nicht, mit niedergeschlagenen Augen schweigend neben ihm her. Nur manchmal blickte sie unter den langen schwarzen Augenwimpern nach ihm hinauf, die ganze klare Seele lag in dem Blick, als wollte sie bittend sagen: »Täusche mich nicht wieder!«

Sie waren unterdes auf einer luftigen Höhe angelangt, hinter ihnen versank die Stadt Lucca mit ihren dunkeln Türmen in dem schimmernden Duft. Da sagte Florio, zu Bianca gewendet: »Ich bin wie neu geboren, es ist mir, als würde noch alles gut werden, seit ich Euch wiedergefunden. Ich möchte niemals wieder scheiden, wenn Ihr es vergönnt.« –

Bianca blickte ihn, statt aller Antwort selber wie fragend, mit ungewisser, noch halb zurückgehaltener Freude an und sah recht wie ein heiteres Engelsbild auf dem tiefblauen Grunde des Morgenhimmels aus. Der Morgen schien ihnen, in langen goldenen Strahlen über die Fläche schießend, gerade entgegen. Die Bäume standen hell angeglüht, unzählige Lerchen sangen schwirrend in der klaren Luft. Und so zogen die Glücklichen fröhlich durch die überglänzten Auen in das blühende Mailand hinunter.

Die Zauberei im Herbste

Ein Märchen

Ritter Ubaldo war an einem heiteren Herbstabend auf der Jagd weit von den Seinigen abgekommen und ritt eben zwischen einsamen Waldbergen hin, als er von dem einen derselben einen Mann in seltsamer, bunter Kleidung herabsteigen sah. Der Fremde bemerkte ihn nicht, bis er dicht vor ihm stand. Ubaldo sah nun mit Verwunderung, daß derselbe einen sehr zierlichen und prächtig geschmückten Wams trug, der aber durch die Zeit altmodisch und unscheinlich geworden war. Sein Gesicht war schön, aber bleich und wild mit Bart verwachsen.

Beide begrüßten einander erstaunt, und Ubaldo erzählte, daß er so unglücklich gewesen, sich hier zu verirren. Die Sonne war schon hinter den Bergen versunken, dieser Ort weit entfernt von allen Wohnungen der Menschen. Der Unbekannte trug daher dem Ritter an, heute bei ihm zu übernachten; morgen mit dem frühesten wolle er ihm den einzigen Pfad weisen, der aus diesen Bergen herausführe. Ubaldo willigte gern ein und folgte nun seinem Führer durch die öden Waldesschluften.

Sie kamen bald an einen hohen Fels, in dessen Fuß eine geräumige Höhle ausgehauen war. Ein großer Stein lag in der Mitte derselben, auf dem Stein stand ein hölzernes Kruzifix. Ein Lager von trockenem Laube füllte den Hintergrund der Klause. Ubaldo band sein Pferd am Eingange an, während sein Wirt stillschweigend Wein und Brot brachte. Sie setzten sich miteinander hin, und der Ritter, dem die Kleidung des Unbekannten für einen Einsiedler wenig passend schien, konnte sich nicht enthalten, ihn um seine früheren Schicksale zu befragen. – »Forsche nur nicht, wer ich bin«, antwortete der Klausner streng, und sein Gesicht wurde dabei finster und unfreundlich. – Dagegen bemerkte Ubaldo, daß derselbe hoch aufhorchte und dann in ein tiefes Nachsinnen versank, als er selber nun anfing, mancher Fahrten und rühmlicher Taten zu erwähnen, die er in seiner Jugend bestanden. Ermüdet endlich streckte sich Ubaldo auf das ihm angebotene Laub hin und schlummerte bald ein, während sein Wirt sich am Eingang der Höhle niedersetzte.

Mitten in der Nacht fuhr der Ritter, von unruhigen Träumen geschreckt, auf. Er richtete sich mit halbem Leibe empor. Draußen beschien der Mond sehr hell den stillen Kreis der Berge. Auf dem

Platz vor der Höhle sah er seinen Wirt unruhig unter den hohen, schwankenden Bäumen auf und ab wandeln. Er sang dabei mit hohler Stimme ein Lied, wovon Ubaldo nur abgebrochen ungefähr folgende Worte vernehmen konnte:

»Aus der Kluft treibt mich das Bangen,
Alte Klänge nach mir langen –
Süße Sünde, laß mich los!
Oder wirf mich ganz darnieder,
Vor dem Zauber dieser Lieder
Bergend in der Erde Schoß!

Gott! Inbrünstig möcht ich beten,
Doch der Erde Bilder treten
Immer zwischen dich und mich,
Und ringsum der Wälder Sausen
Füllt die Seele mir mit Grausen,
Strenger Gott! ich fürchte dich.

Ach! So brich auch meine Ketten!
Alle Menschen zu erretten,
Gingst du ja in bittern Tod.
Irrend an der Hölle Toren,
Ach, wie bald bin ich verloren!
Jesus, hilf in meiner Not!«

Der Sänger schwieg wieder, setzte sich auf einen Stein und schien einige unvernehmliche Gebete herzumurmeln, die aber vielmehr wie verwirrte Zauberformeln klangen. Das Rauschen der Bäche von den nahen Bergen und das leise Sausen der Tannen sang seltsam mit darein, und Ubaldo sank, vom Schlafe überwältigt, wieder auf sein Lager zurück.

Kaum blitzten die ersten Morgenstrahlen durch die Wipfel, als auch der Einsiedler schon vor dem Ritter stand, um ihm den Weg aus den Schluften zu weisen. Wohlgemutet schwang sich Ubaldo auf sein Pferd, und sein sonderbarer Führer schritt schweigend neben ihm her. Sie hatten bald den Gipfel des letzten Berges erreicht, da lag plötzlich die blitzende Tiefe mit Strömen, Städten und Schlössern im schönsten Morgenglanze zu ihren Füßen. Der Einsiedler schien selber überrascht. »Ach, wie schön ist die Welt!« rief er bestürzt aus, bedeckte sein Gesicht mit beiden Händen und eilte so in die Wälder zurück. – Kopfschüttelnd schlug Ubaldo nun den wohlbekannten Weg nach seinem Schlosse ein.

Die Neugierde trieb ihn indessen gar bald von neuem nach der Einöde, und er fand mit einiger Mühe die Höhle wieder, wo ihn der Klausner diesmal weniger finster und verschlossen empfing.

Daß derselbe schwere Sünden redlich abbüßen wolle, hatte Ubaldo wohl schon aus jenem nächtlichen Gesange entnommen, aber es kam ihm vor, als ob dieses Gemüt fruchtlos mit dem Feinde ringe, denn in seinem Wandel war nichts von der heiteren Zuversicht einer wahrhaft gottergebenen Seele, und gar oft, wenn sie im Gespräch beeinander saßen, brach eine schwer unterdrückte irdische Sehnsucht mit einer fast furchtbaren Gewalt aus den irre flammenden Augen des Mannes, wobei alle seine Mienen sonderbar zu verwildern und sich gänzlich zu verwandeln schienen.

Dies bewog den frommen Ritter, seine Besuche öfter zu wiederholen, um den Schwindelnden mit der ganzen vollen Kraft eines ungetrübten, schuldlosen Gemüts zu umfassen und zu erhalten. Seinen Namen und früheren Wandel verschwieg der Einsiedler indes fortdauernd, es schien ihm vor der Vergangenheit zu schaudern. Doch wurde er mit jedem Besuche sichtbar ruhiger und zutraulicher. Ja, es gelang dem guten Ritter endlich sogar, ihn einmal zu bewegen, ihm nach seinem Schlosse zu folgen.

Es war schon Abend geworden, als sie auf der Burg anlangten. Der Ritter ließ daher ein wärmendes Kaminfeuer anlegen und brachte von dem besten Wein, den er hatte. Der Einsiedler schien sich hier zum ersten Male ziemlich behaglich zu fühlen. Er betrachtete sehr aufmerksam ein Schwert und andere Waffenstücke, die im Widerscheine des Kaminfeuers funkelnd dort an der Wand hingen, und sah dann wieder den Ritter lange schweigend an. »Ihr seid glücklich«, sagte er, »und ich betrachte Eure feste, freudige, männliche Gestalt mit wahrer Scheu und Ehrfurcht, wie Ihr Euch, unbekümmert durch Leid und Freud, bewegt und das Leben ruhig regieret, während Ihr Euch demselben ganz hinzugeben scheint, gleich einem Schiffer, der bestimmt weiß, wo er hinsteuern *soll*, und sich von dem wunderbaren Liede der Sirenen unterwegens nicht irremachen läßt. Ich bin mir in Eurer Nähe schon oft vorgekommen wie ein feiger Tor oder wie ein Wahnsinniger. – Es gibt vom Leben *Berauschte* – ach, wie schrecklich ist es, dann auf einmal wieder nüchtern zu werden!«

Der Ritter, welcher diese ungewöhnliche Bewegung seines Gastes nicht unbenutzt vorbeigehen lassen wollte, drang mit gutmütigem Eifer in denselben, ihm nun endlich einmal seine Lebensgeschichte zu vertrauen. Der Klausner wurde nachdenkend. »Wenn Ihr mir versprecht«, sagte er endlich, »ewig zu verschweigen, was ich Euch erzähle, und mir erlaubt, alle Namen wegzulassen, so will ich es tun.« Der Ritter reichte ihm die Hand und versprach ihm freudig, was er forderte, rief seine Hausfrau, deren Verschwiegenheit er verbürgte, herein, um auch sie an der von beiden lange ersehnten Erzählung teilnehmen zu lassen.

Sie erschien, ein Kind auf dem Arme, das andere an der Hand führend. Es war eine hohe, schöne Gestalt in verblühender Jugend, still und mild wie die untergehende Sonne, noch einmal in den lieblichen Kindern die eigene versinkende Schönheit abspiegelnd. Der Fremde wurde bei ihrem Anblick ganz verwirrt. Er riß das Fenster auf und schaute einige Augenblicke über den nächtlichen Waldgrund hinaus, um sich zu sammeln. Ruhiger trat er darauf wieder zu ihnen, sie rückten alle dichter um den lodernden Kamin, und er begann folgendermaßen:

»Die Herbstsonne stieg lieblich wärmend über die farbigen Nebel, welche die Täler um mein Schloß bedeckten. Die Musik schwieg, das Fest war zu Ende und die lustigen Gäste zogen nach allen Seiten davon. Es war ein Abschiedsfest, das ich meinem liebsten Jugendgesellen gab, welcher heute mit seinem Häuflein dem heiligen Kreuze zuzog, um dem großen christlichen Heere das Gelobte Land erobern zu helfen. Seit unserer frühesten Jugend war dieser Zug der einzige Gegenstand unserer beiderseitigen Wünsche, Hoffnungen und Pläne, und ich versenke mich noch jetzt oft mit einer unbeschreiblichen Wehmut in jene stille, morgenschöne Zeit, wo wir unter den hohen Linden auf dem Felsenabhange meines Burgplatzes zusammensaßen und in Gedanken den segelnden Wolken nach jenem gebenedeiten Wunderlande folgten, wo Gottfried und die anderen Helden in lichtem Glanze des Ruhmes lebten und stritten. – Aber wie bald verwandelte sich alles in mir!

Ein Fräulein, die Blume aller Schönheit, die ich nur einigemal gesehen und zu welcher ich, ohne daß sie davon wußte, gleich von Anfang eine unbezwingliche Liebe gefaßt hatte, hielt mich in dem stillen Zwinger dieser Berge gebannt. Jetzt, da ich stark genug war, mitzukämpfen, konnte ich nicht scheiden und ließ meinen Freund allein ziehen.

Auch sie war bei dem Feste zugegen, und ich schwelgte vor übergroßer Seligkeit in dem Widerglanze ihrer Schönheit. Nur erst, als sie des Morgens fortziehen wollte und ich ihr auf das Pferd half, wagte ich, es ihr zu entdecken, daß ich nur ihretwillen den

Zug unterlassen. Sie sagte nichts darauf, aber blickte mich groß und, wie es schien, erschrocken an und ritt dann schnell davon.«

Bei diesen Worten sahen der Ritter und seine Frau einander mit sichtbarem Erstaunen an. Der Fremde bemerkte es aber nicht und fuhr weiter fort:

»Alles war nun fortgezogen. Die Sonne schien durch die hohen Bogenfenster in die leeren Gemächer, wo jetzt nur noch meine einsamen Fußtritte widerhallten. Ich lehnte mich lange zum Erker hinaus, aus den stillen Wäldern unten schallte der Schlag einzelner Holzhauer herauf. Eine unbeschreiblich sehnsüchtige Bewegung bemächtigte sich in dieser Einsamkeit meiner. Ich konnte es nicht länger aushalten, ich schwang mich auf mein Roß und ritt auf die Jagd, um dem gepreßten Herzen Luft zu machen.

Lange war ich umhergeirrt und befand mich endlich zu meiner Verwunderung in einer mir bis jetzt noch ganz unbekannt gebliebenen Gegend des Gebirges. Ich ritt gedankenvoll, meinen Falken auf der Hand, über eine wunderschöne Heide, über welche die Strahlen der untergehenden Sonne schrägblitzend hinfuhren, die herbstlichen Gespinste flogen wie Schleier durch die heiter blaue Luft, hoch über die Berge weg wehten die Abschiedslieder der fortziehenden Vögel.

Da hörte ich plötzlich mehrere Waldhörner, die in einiger Entfernung von den Bergen einander Antwort zu geben schienen. Einige Stimmen begleiteten sie mit Gesang. Nie noch vorher hatte mich Musik mit solcher wunderbaren Sehnsucht erfüllt als diese Töne, und noch heute sind mir mehrere Strophen des Gesanges erinnerlich, wie sie der Wind zwischen den Klängen herüberwehte:

>Über gelb' und rote Streifen
Ziehen hoch die Vögel fort.
Trostlos die Gedanken schweifen,
Acht sie finden keinen Port,
Und der Hörner dunkle Klagen
Einsam nur ans Herz dir schlagen.

Siehst du blauer Berge Runde
Ferne überm Walde stehn,
Bäche in dem stillen Grunde
Rauschend nach der Ferne gehn?
Wolken, Bäche, Vögel munter,
Alles ziehet mit hinunter.

Golden meine Locken wallen,
Süß mein junger Leib noch blüht –
Bald ist Schönheit auch verfallen,
Wie des Sommers Glanz verglüht,
Jugend muß die Blüten neigen,
Rings die Hörner alle schweigen.

Schlanke Arme zu umarmen,
Roten Mund zum süßen Kuß,
Weiße Brust, dran zu erwarmen,
Reichen, vollen Liebesgruß
Bietet dir der Hörner Schallen,
Süßer! komm, eh sie verhallen!‹

Ich war wie verwirrt bei diesen Tönen, die das ganze Herz durchdrangen. Mein Falke, sobald sich die ersten Klänge erhoben, wurde scheu, schwang sich wildkreischend auf, hoch in den Lüften verschwindend, und kam nicht wieder. Ich aber konnte nicht widerstehen und folgte dem verlockenden Waldhornsliede immerfort, das sinnenverwirrend bald wie aus der Ferne klang, bald wieder mit dem Winde näher schwellte.

So kam ich endlich aus dem Walde heraus und erblickte ein blankes Schloß, das auf einem Berge vor mir lag. Rings um das Schloß, vom Gipfel bis zum Walde hinab, lachte ein wunderschöner Garten in den buntesten Farben, der das Schloß wie ein Zauberring umgab. Alle Bäume und Sträucher in demselben, vom Herbste viel kräftiger gefärbt als anderswo, waren purpurrot, goldgelb und feuerfarb; hohe Astern, diese letzten Gestirne des versinkenden Sommers, brannten dort im mannigfaltigsten Schimmer. Die untergehende Sonne warf gerade ihre Strahlen auf die liebliche Anhöhe, auf die Springbrunnen und die Fenster des Schlosses, die blendend blitzten.

Ich bemerkte nun, daß die Waldhornklänge, die ich vorhin gehört, aus diesem Garten kamen, und mitten in dem Glanze unter wilden Weinlaubranken sah ich, innerlichst erschrocken – das Fräulein, das alle meine Gedanken meinten, zwischen den Klängen, selber singend, herumwandeln. Sie schwieg, als sie mich erblickte, aber die Hörner klangen fort. Schöne Knaben in seidenen Kleidern eilten herab und nahmen mir das Pferd ab.

Ich flog durch das zierlich übergoldete Gittertor auf die Terrasse des Gartens, wo meine Geliebte stand, und sank, von soviel Schönheit überwältigt, zu ihren Füßen nieder. Sie trug ein dunkelrotes Gewand, lange Schleier, durchsichtig wie die Sommerfäden des Herbstes, umflatterten die goldgelben Locken, von einer prächtigen Aster aus funkelnden Edelsteinen über der Stirn zusammengehalten.

Liebreich hob sie mich auf und mit einer rührenden, wie vor Liebe und Schmerz gebrochenen Stimme sagte sie: ›Schöner, unglücklicher Jüngling, wie lieb ich dich! Schon lange liebt ich dich, und wenn der Herbst seine geheimnisvolle Feier beginnt, erwacht mit jedem Jahre mein Verlangen mit neuer, unwiderstehlicher Gewalt. Unglücklicher! Wie bist du in den Kreis meiner Klänge gekommen? Laß mich und fliehe!‹

Mich schauderte bei diesen Worten und ich beschwor sie, weiterzureden und sich näher zu erklären. Aber sie antwortete nicht, und wir gingen stillschweigend nebeneinander durch den Garten.

Es war indes dunkel geworden. Da verbreitete sich eine ernste Hoheit über ihre ganze Gestalt.

›So wisse denn‹, sagte sie, ›dein Jugendfreund, der heute von dir geschieden ist, ist ein Verräter. Ich bin gezwungen seine verlobte Braut. Aus wilder Eifersucht verhehlte er dir seine Liebe. Er ist nicht nach Palästina, sondern kommt morgen, um mich abzuholen und in einem abgelegenen Schlosse vor allen menschlichen Augen auf ewig zu verbergen. – Ich muß nun scheiden. *Wir sehen uns nie wieder, wenn er nicht stirbt.*‹

Bei diesen Worten drückte sie einen Kuß auf meine Lippen und verschwand in den dunklen Gängen. Ein Stein aus ihrer Aster funkelte im Weggehen kühlblitzend über meinen beiden Augen, ihr Kuß flammte mit fast schauerlicher Wollust durch alle meine Adern.

Ich überdachte nun mit Entsetzen die fürchterlichen Worte, die sie beim Abschiede wie Gift in mein gesundes Blut geworfen hatte und irrte lange nachsinnend in den einsamen Gängen umher. Ermüdet warf ich mich endlich auf die steinernen Staffeln vor dem Schloßtore, die Waldhörner hallten noch fort, und ich schlummerte unter seltsamen Gedanken ein.

Als ich die Augen aufschlug, war es heller Morgen. Alle Türen und Fenster des Schlosses waren fest verschlossen, der Garten und die ganze Gegend still. In dieser Einsamkeit erwachte das Bild der Geliebten und die ganze Zauberei des gestrigen Abends mit neuen morgenschönen Farben in meinem Herzen, und ich fühlte die volle Seligkeit, wiedergeliebt zu werden. Manchmal wohl, wenn mir jene furchtbaren Worte wieder einfielen, wandelte mich ein

Trieb an, weit von hier zu fliehen; aber der Kuß brannte noch auf meinen Lippen, und ich konnte nicht fort.

Es wehte eine warme, fast schwüle Luft, als wollte der Sommer noch einmal wiederkehren. Ich schweifte daher träumend in den nahen Wald hinaus, um mich mit der Jagd zu zerstreuen. Da erblickt ich in dem Wipfel eines Baumes einen Vogel von so wunderschönem Gefieder, wie ich noch nie vorher gesehen. Als ich den Bogen spannte, um ihn zu schießen, flog er schnell auf einen anderen Baum. Ich folgte ihm begierig, aber der schöne Vogel flatterte immerfort von Wipfel zu Wipfel vor mir her, wobei seine hellgoldenen Schwingen reizend im Sonnenschein glänzten.

So war ich in ein enges Tal gekommen, das rings von hohen Felsen eingeschlossen war. Kein rauhes Lüftchen wehte hier herein, alles war hier noch grün und blühend wie im Sommer. Ein Gesang schwoll wunderlieblich aus der Mitte dieses Tales. Erstaunt bog ich die Zweige des dichten Gesträuches, an dem ich stand, auseinander – und meine Augen senkten sich trunken und geblendet vor dem Zauber, der sich mir da eröffnete.

Ein stiller Weiher lag im Kreise der hohen Felsen, an denen Efeu und seltsame Schilfblumen üppig emporrankten. Viele Mädchen tauchten ihre schönen Glieder singend in der lauen Flut auf und nieder. Über allen erhoben stand das Fräulein prächtig und ohne Hülle und schaute, während die anderen sangen, schweigend in die wollüstig um ihre Knöchel spielenden Wellen wie verzaubert und versunken in das Bild der eigenen Schönheit, das der trunkene Wasserspiegel widerstrahlte. – Eingewurzelt stand ich lange in flammendem Schauer, da bewegte sich die schöne Schar ans Land, und ich eilte schnell davon, um nicht entdeckt zu werden.

Ich stürzte mich in den dicksten Wald, um die Flammen zu kühlen, die mein Inneres durchtobten. Aber je weiter ich floh, desto lebendiger gaukelten jene Bilder vor meinen Augen, desto verzehrender langte der Schimmer jener jugendlichen Glieder mir nach.

So traf mich die einbrechende Nacht noch im Walde. Der ganze Himmel hatte sich unterdes verwandelt und war dunkel geworden, ein wilder Sturm ging über die Berge. ›Wir sehen uns nie wieder, wenn er nicht stirbt!‹ rief ich immerfort in mich selbst hinein und rannte, als würde ich von Gespenstern gejagt.

Es kam mir dabei manchmal vor, als vernähme ich seitwärts Getös von Rosseshufen im Walde, aber ich scheute jedes menschliche Angesicht und floh vor dem Geräusch, sooft es näher zu kommen schien. Das Schloß meiner Geliebten sah ich oft, wenn ich auf eine Höhe kam, in der Ferne stehen; die Waldhörner sangen wieder wie gestern abend, der Glanz der Kerzen drang wie ein milder Mondenschein durch alle Fenster und beleuchtete ringsumher magisch den Kreis der nächsten Bäume und Blumen, während draußen die ganze Gegend in Sturm und Finsternis wild durcheinanderrang.

Meiner Sinne kaum mehr mächtig, bestieg ich endlich einen hohen Felsen, an dem unten ein brausender Waldstrom vorüberstürzte. Als ich auf der Spitze ankam, erblickte ich dort eine dunkle Gestalt, die auf einem Steine saß, still und unbeweglich, als wäre sie selber von Stein. Die Wolken jagten soeben zerrissen über den Himmel. Der Mond trat blutrot auf einen Augenblick hervor – und ich erkannte meinen Freund, den Bräutigam meiner Geliebten.

Er richtete sich, sobald er mich erblickte, schnell und hoch auf, daß ich innerlichst zusammenschauderte, und griff nach seinem Schwerte. Wütend fiel ich ihn an und umfaßte ihn mit beiden Armen. So rangen wir einige Zeit miteinander, bis ich ihn zuletzt über die Felsenwand in den Abgrund hinabschleuderte.

Da wurde es auf einmal still in der Tiefe und ringsumher, nur der Strom unten rauschte stärker, als wäre mein ganzes voriges Leben unter diesen wirbelnden Wogen begraben und alles auf ewig vorbei.

Eilig stürzte ich nun fort von diesem grausigen Orte. Da kam es mir vor, als hörte ich ein lautes, widriges Lachen wie aus dem Wipfel der Bäume hinter mir dreinschallen; zugleich glaubte ich in der Verwirrung meiner Sinne den Vogel, den ich vorhin verfolgte, in den Zweigen über mir wiederzusehen. – So gejagt, geängstigt und halb sinnlos rannte ich durch die Wildnis über die Gartenmauer hinweg zu dem Schlosse des Fräuleins. Mit allen Kräften riß ich dort an den Angeln des verschlossenen Tores. ›Mach auf‹, schrie ich außer mir, ›mach auf, ich habe meinen Herzensbruder erschlagen! Du bist nun mein auf Erden und in der Hölle!‹

Da taten sich die Torflügel schnell auf, und das Fräulein, schöner als ich sie jemals gesehen, sank ganz hingegeben in flammenden Küssen an meine von Stürmen durchwühlte, zerrissene Brust.

Laßt mich nun schweigen von der Pracht der Gemächer, dem Dufte ausländischer Blumen und Bäume, zwischen denen schöne Frauen singend hervorsahen, von den Wogen von Licht und Musik, von der wilden, namenlosen Lust, die ich in den Armen des Fräuleins –«

Hier fuhr der Fremde plötzlich auf. Denn draußen hörte man einen seltsamen Gesang an den Fenstern der Burg vorüberfliegen. Es waren nur einzelne Sätze, die zuweilen wie eine menschliche Stimme, dann wieder wie die höchsten Töne einer Klarinette klangen, wenn sie der Wind über ferne Berge herüberweht, das ganze Herz ergreifend und schnell dahinfahrend. – »Beruhigt Euch«, sagte der Ritter, »wir sind das lange gewohnt. Zauberei soll in den nahen Wäldern wohnen, und oft zur Herbstzeit streifen solche Töne in der Nacht bis an unser Schloß. Es vergeht ebenso schnell als es kommt, und wir bekümmern uns weiter nicht darum.« – Eine große Bewegung schien jedoch in der Brust des Ritters zu arbeiten, die er nur mit Mühe unterdrückte. – Die Töne draußen waren schon wieder verklungen. Der Fremde saß, wie im Geiste abwesend, in tiefes Nachsinnen verloren. Nach einer langen Pause erst sammelte er sich wieder und fuhr, obgleich nicht mehr so ruhig wie vorher, in seiner Erzählung weiter fort:

»Ich bemerkte, daß das Fräulein mitten im Glanze manchmal von einer unwillkürlichen Wehmut befallen wurde, wenn sie aus dem Schlosse sah, wie nun endlich auch der Herbst von allen Fluren Abschied nehmen wollte. Aber ein gesunder, fester Schlaf machte durch eine Nacht alles wieder gut, und ihr wunderschönes Antlitz, der Garten und die ganze Gegend ringsumher blickte mich am Morgen immer wieder erquickt, frischer und wie neugeboren an.

Nur einmal, da ich eben mit ihr am Fenster stand, war sie stiller und trauriger als jemals. Draußen im Garten spielte der Wintersturm mit den herabfallenden Blättern. Ich merkte, daß sie oft heimlich schauderte, als sie in die ganz verbleichte Gegend hinausschaute. Alle ihre Frauen hatten uns verlassen, die Lieder der Waldhörner klangen heute nur aus weiter Ferne, bis sie endlich gar verhallten. Die Augen meiner Geliebten hatten allen ihren Glanz verloren und schienen wie verlöschend. Jenseits der Berge ging eben die Sonne unter und erfüllte den Garten und die Täler ringsum mit ihrem verbleichenden Glanze. Da umschlang das Fräulein mich mit beiden Armen und begann ein seltsames Lied zu singen, das ich vorher noch nie von ihr gehört und das mit unendlich wehmütigem Akkorde das ganze Haus durchdrang. Ich lauschte entzückt, es war, als zögen mich diese Töne mit dem versinkenden Abendrot langsam hinab, die Augen fielen mir wider Willen zu, und ich schlummerte in Träumen ein.

Als ich erwachte, war es Nacht geworden und alles still im Schlosse. Der Mond schien sehr hell. Meine Geliebte lag auf seidenem Lager schlafend neben mir hingestreckt. Ich betrachtete sie mit Erstaunen, denn sie war bleich wie eine Leiche, ihre Locken hingen verwirrt und wie vom Winde zerzaust um Angesicht und Busen herum. Alles andere lag und stand noch unberührt umher, wie es bei meinem Entschlummern gelegen, es war mir, als wäre das schon sehr lange her. – Ich trat an das offene Fenster. Die Gegend draußen schien mir verwandelt und ganz anders, als ich sie sonst gesehen. Die Bäume sausten wunderlich. Da sah ich unten an der Mauer des Schlosses zwei Männer stehen, die dunkel murmelnd und sich besprechend, sich immerfort gleichförmig beugend und neigend gegeneinander hin und her bewegten, als ob sie ein Gespinste weben wollten. Ich konnte nichts verstehen, nur hörte ich sie öfters meinen Namen nennen. – Ich blickte noch einmal zurück nach der Gestalt des Fräuleins, welche eben vom Monde klar beschienen wurde. Es kam mir vor, als sähe ich ein steinernes Bild, schön, aber totenkalt und unbeweglich. Ein Stein blitzte wie Basiliskenaugen von ihrer starren Brust, ihr Mund schien mir seltsam verzerrt.

Ein Grausen, wie ich es noch in meinem Leben nicht gefühlt, befiel mich da auf einmal. Ich ließ alles liegen und eilte durch die leeren, öden Hallen, wo aller Glanz verloschen war, fort. Als ich aus dem Schlosse trat, sah ich in einiger Entfernung die zwei ganz fremden Männer plötzlich in ihrem Geschäfte erstarren und wie Statuen stillestehen. Seitwärts weit unter dem Berge erblickt ich an einem einsamen Weiher mehrere Mädchen in schneeweißen Gewändern, welche wunderbar singend beschäftigt schienen, seltsame Gespinste auf der Wiese auszubreiten und am Mondschein zu bleichen. Dieser Anblick und dieser Gesang vermehrte noch mein Grausen, und ich schwang mich nur desto rascher über die Gartenmauer weg. Die Wolken flogen schnell über den Himmel, die Bäume sausten hinter mir drein, ich eilte atemlos immer fort.

Stiller und wärmer wurde allmählich die Nacht, Nachtigallen schlugen in den Gebüschen. Draußen tief unter den Bergen hörte ich Stimmen gehen, und alte, langvergessene Erinnerungen kehrten halbdämmernd wieder in das ausgebrannte Herz zurück, während vor mir die schönste Frühlingsmorgendämmerung sich über dem Gebirge erhob. – ›Was ist das? Wo bin ich denn?‹ rief ich erstaunt und wußte nicht, wie mir geschehen. ›Herbst und Winter sind vergangen, Frühling ist's wieder auf der Welt. Mein Gott! wo bin ich so lange gewesen?‹

So langte ich endlich auf dem Gipfel des letzten Berges an. Da ging die Sonne prächtig auf. Ein wonniges Erschüttern flog über die Erde, Ströme und Schlösser blitzten, die Menschen, ach! ruhig und fröhlich kreisten in ihren täglichen Verrichtungen wie ehedem, unzählige Lerchen jubilierten hoch in der Luft. Ich stürzte auf die Knie und weinte bitterlich um mein verlorenes Leben.

Ich begriff und begreife noch jetzt nicht, wie das alles zugegangen, aber hinabstürzen mocht ich noch nicht in die heitere, schuldlose Welt mit dieser Brust voll Sünde und zügelloser Lust. In die tiefste Einöde vergraben, wollte ich den Himmel um Vergebung bitten und die Wohnungen der Menschen nicht eher wiedersehen, bis ich alle meine Fehle, das einzige, dessen ich mir aus der Vergangenheit nur zu klar und deutlich bewußt war, mit Tränen heißer Reue abgewaschen hätte.

Ein Jahr lang lebt ich so, als Ihr mich damals an der Höhle traft. Inbrünstige Gebete entstiegen gar oft meiner geängstigten Brust, und ich wähnte manchmal, es sei überstanden und ich habe Gnade gefunden vor Gott; aber das war nur selige Täuschung seltener Augenblicke, und schnell alles wieder vorbei. Und als nun der Herbst wieder sein wunderlich farbiges Netz über Berg und Tal ausspreitete, da schweiften von neuem einzelne wohlbekannte Töne aus dem Walde in meine Einsamkeit und dunkle Stimmen in mir klangen sie wider und gaben ihnen Antwort, und im Innersten erschreckten mich noch immer die Glockenklänge des fernen Doms, wenn sie am klaren Sonntagsmorgen über die Berge zu mir herüberlangten, als suchten sie das alte, stille Gottesreich der Kindheit in meiner Brust, das nicht mehr in ihr war. – Seht, es ist ein wunderbares, dunkles Reich von Gedanken in des Menschen Brust, da blitzen Kristall und Rubin und alle die versteinerten Blumen der Tiefe mit schauerlichem Liebesblick herauf, zauberische Klänge wehen dazwischen, du weißt nicht, woher sie kommen und wohin sie gehen, die Schönheit des irdischen Lebens schimmert von draußen dämmernd herein, die unsichtbaren Quellen rauschen wehmütig lockend in einem fort und es zieht dich ewig hinunter – hinunter!«

»Armer Raimund!« rief da der Ritter, der den in seiner Erzählung träumerisch verlorenen Fremden lange mit tiefer Rührung betrachtet hatte.

»Wer seid Ihr um Gottes willen, daß Ihr meinen Namen wißt!« rief der Fremde und sprang wie vom Blitze gerührt von seinem Sitze auf.

»Mein Gott!« erwiderte der Ritter und schloß den Zitternden mit herzlicher Liebe in seine Arme, »kennst du uns denn gar nicht mehr? Ich bin ja dein alter, treuer Waffenbruder Ubaldo, und da ist deine *Berta*, die du heimlich liebtest, die du nach jenem Abschiedsfeste auf deiner Burg auf das Pferd hobst. Gar sehr hat die Zeit und ein vielbewegtes Leben seitdem unsere frischen Jugendbilder verwischt, und ich erkannte dich erst wieder, als du deine Geschichte zu erzählen anfingest. Ich bin nie in einer Gegend gewesen, die du da beschrieben hast und habe nie mit dir auf dem Felsen gerungen. Ich zog gleich nach jenem Feste gen Palästina, wo ich mehrere Jahre mitfocht, und die schöne Berta dort wurde nach meiner Heimkehr mein Weib. Auch Berta hatte dich nach dem Abschiedsfeste niemals wiedergesehen, und alles, was du da erzähltest, ist eitel Phantasie. – Ein böser Zauber, jeden Herbst neu erwachend und dann wieder samt dir versinkend, mein armer Raimund, hielt dich viele Jahre lang mit lügenhaften Spielen umstrickt. Du hast unbemerkt Monate wie einzelne Tage verlebt. Niemand wußte, als ich aus dem Gelobten Lande zurückkam, wohin du gekommen, und wir glaubten dich längst verloren.«

Ubaldo merkte vor Freude nicht, daß sein Freund bei jedem Worte immer heftiger zitterte. Mit hohlen, starr offenen Augen sah er die beiden abwechselnd an, und erkannte nun auf einmal den Freund und die Jugendgeliebte, über deren lang verblühte, rührende Gestalt die Flamme des Kamins spielend die zuckenden Scheine warf.

»Verloren, alles verloren!« rief er aus tiefster Brust, riß sich aus den Armen Ubaldos und flog pfeilschnell aus dem Schlosse in die Nacht und den Wald hinaus.

»Ja verloren, und meine Liebe und mein ganzes Leben eine lange Täuschung!« sagte er immerfort für sich selbst und lief, bis alle Lichter in Ubaldos Schlosse hinter ihm versunken waren. Er nahm fast unwillkürlich die Richtung nach seiner eigenen Burg und langte daselbst an, als eben die Sonne aufging.

Es war wieder ein heiterer Herbstmorgen wie damals, als er vor vielen Jahren das Schloß verlassen hatte, und die Erinnerung an jene Zeit und der Schmerz über den verlorenen Glanz und Ruhm seiner Jugend befiel da auf einmal seine ganze Seele. Die hohen Linden auf dem steinernen Burghofe rauschten noch immer fort, aber der Platz und das ganze Schloß war leer und öde, und der Wind strich überall durch die verfallenen Fensterbogen.

Er trat in den Garten hinaus. Der lag auch wüst und zerstört, nur einzelne Spätblumen schimmerten noch hin und her aus dem falben Grase. Auf einer hohen Blume saß ein Vogel und sang ein wunderbares Lied, das die Brust mit unendlicher Sehnsucht erfüllte. Es waren dieselben Töne, die er gestern abend während seiner

Erzählung auf Ubaldos Burg vorüberschweifen hörte. Mit Schrecken erkannte er auch nun den schönen goldgelben Vogel aus dem Zauberwalde wieder. – Hinter ihm aber, hoch aus einem Bogenfenster des Schlosses schaute während des Gesanges ein langer Mann über die Gegend hinaus, still, bleich und mit Blut bespritzt. Es war leibhaftig Ubaldos Gestalt.

Entsetzt wandte Raimund das Gesicht von dem furchtbar stillen Bilde und sah in den klaren Morgen vor sich hinab. Da sprengte plötzlich unten auf einem schlanken Rosse das schöne Zauberfräulein, lächelnd, in üppiger Jugendblüte, vorüber. Silberne Sommerfäden flogen hinter ihr drein, die Aster von ihrer Stirne warf lange grünlich-goldene Scheine über die Heide.

In allen Sinnen verwirrt, stürzte Raimund aus dem Garten, dem holden Bilde nach.

Die seltsamen Lieder des Vogels zogen, wie er ging, immer vor ihm her. Allmählich, je weiter er kam, verwandelten sich diese Töne sonderbar in das alte Waldhornlied, das ihn damals verlockte.

>>Golden meine Locken wallen,
Süß mein junger Leib noch blüht –<<

hörte er einzeln und abgebrochen aus der Ferne wieder herüberschallen.

>>Bäche in dem stillen Grunde
Rauschend nach der Ferne gehen.<< –

Sein Schloß, die Berge und die ganze Welt versank dämmernd hinter ihm.

>>Reichen, vollen Liebesgruß
Bietet dir der Hörner Schallen.
Komm, ach komm! eh sie verhallen!<<

hallte es wider – und im Wahnsinn verloren ging der arme Raimund den Klängen nach in den Wald hinein und ward niemals mehr wiedergesehen.

Biographie

1788   *10. März:* Joseph Karl Benedikt Freiherr von Eichendorff wird auf Schloss Lubowitz bei Ratibor (Oberschlesien) als Sohn des preußischen Offiziers Adolf Theodor Rudolf von Eichendorff und seiner Frau Karoline, geb. Koch, geboren.

1793   Aristokratisch-katholische Erziehung durch den geistlichen Hauslehrer Bernhard Heinke (bis 1801).

1794   *Oktober:* Die Familie reist nach Prag.

1800   *12. November:* Beginn der Tagebuchaufzeichnungen. Umfassende Lektüre, unter anderem von Sagen, Abenteuer- und Ritterromanen sowie erste eigene literarische Versuche.

1801   *Oktober:* Zusammen mit dem zwei Jahre älteren Bruder Wilhelm besucht Eichendorff das katholische Gymnasium in Breslau, und lebt im St.-Josephs-Konvikt (bis 1804). Besonderes Interesse am Theater.
Auf der Leseliste stehen nun Homer, Horaz, deutsche Volksbücher und Gedichte.

1802   Eichendorff spielt kleinere Rollen im Schülertheater. Er verfasst einige Gedichte und Prosastücke.

1805   Zusammen mit dem Bruder Wilhelm Immatrikulation zum Jurastudium in Halle.
Nebenbei hören sie Literatur- und Philosophievorlesungen bei Friedrich August Wolf und Friedrich Schleiermacher.
Herbst: Reise durch den Harz, nach Hamburg und an die Ostsee.

1807   *Mai:* Fortsetzung des Studiums in Heidelberg. Die Eichendorff-Brüder besuchen unter anderem die Ästhetikvorlesungen von Johann Joseph von Görres.
Bekanntschaft mit Johann Diederich Gries, einem Dichter und Übersetzer romanischer Klassiker.
Beginn der Freundschaft mit dem romantischen Lyriker und Dramatiker Otto Heinrich Graf von Loeben.
Lektüre von Arnims und Brentanos im Vorjahr erschienener Volksliedsammlung »Des Knaben Wunderhorn«.

1808   *April–Juli:* Reise nach Paris und Wien.
Juli: Ankunft in Lubowitz, wo die Brüder den Vater bei der Bewirtschaftung der Familiengüter unterstützen (bis 1810).

1809   *Winter:* Gemeinsame Reise von Wilhelm und Joseph nach

Berlin (Aufenthalt dort bis 1810) und Zusammentreffen mit Clemens Brentano, Achim von Arnim, Heinrich von Kleist und Adam Müller.

1810 Eichendorff beginnt mit der Arbeit an »Ahnung und Gegenwart«, einige später darin aufgenommene Gedichte entstehen.
Oktober: Zum Abschluss des Studiums reisen die Brüder nach Wien.

1811 Bekanntschaft mit der Familie Schlegel und Freundschaft mit dem Sohn Dorothea Schlegels, Philipp Veit.

1812 Besuch literaturwissenschaftlicher Vorlesungen bei Friedrich Schlegel und Adam Müller.
Die Eichendorff-Brüder legen die juristischen Referendarsprüfungen ab.

1813 Die Brüder gehen nun getrennte Wege. Wilhelm bleibt in Wien und wird dort österreichischer Beamter.
April: Joseph reist nach Breslau, um als Leutnant im Lützowschen Freikorps am Befreiungskrieg teilzunehmen (bis Dezember 1814).

1814 *Januar:* Militärdienst in Torgau (bis Mai).
Sommer und Herbst: Urlaubsaufenthalt in Lubowitz.
Dezember: Nach der Entlassung aus der Armee reist Eichendorff nach Berlin.

1815 *7. April:* Heirat mit Luise von Larisch.
April: Teilnahme am Befreiungskrieg in Lüttich und Paris (bis Januar 1816).
Eichendorffs erstes Prosawerk, der gesellschaftskritische Roman »Ahnung und Gegenwart« (6 Bände) wird von Fouqué herausgegeben. In dem Buch sind mehr als 50 Gedichte enthalten, darunter »In einem kühlen Grunde« und »O Täler weit, o Höhen«.
30. August: Geburt des Sohnes Hermann Joseph.

1816 Rückkehr aus Frankreich.
Juni: Umzug nach Breslau.
Referendariat bei der Königlichen Regierung (bis 1819).

1817 *Spätsommer:* Aufenthalt in Lubowitz.
Beginn der Arbeit am »Taugenichts«.
Geburt der Tochter Marie Therese Alexandrine.

1818 *27. April:* Der Vater stirbt.
Die Lorelei-Novelle »Das Marmorbild«, die Eichendorff 1817 in Breslau fertig gestellt hatte, erscheint in Fouqués »Frauentaschenbuch für das Jahr 1819«.

1819	*Oktober:* Eichendorff legt in Berlin die Assessorprüfung ab.

1819 *Oktober:* Eichendorff legt in Berlin die Assessorprüfung ab.
November: Anstellung in Breslau als Assessor bei der Königlichen Regierung.
Geburt des Sohnes Rudolf Joseph Julius.

1820 *Mai:* In Wien Treffen mit dem Bruder und mit Adam Müller.

1821 *Januar:* Eichendorff wird Konsistorial- und Schulrat in Danzig.
September: Anstellung als Regierungsrat.
Geburt der Tochter Agnes Clara.

1822 *April:* Tod der Mutter.

1823 Das erste Kapitel des »Taugenichts« wird in den »Deutschen Blättern« veröffentlicht.
Herbst: Vertretungstätigkeit am Berliner Ministerium für geistliche, Unterrichts- und Medizinal-Angelegenheiten.
Umgang mit Adelbert von Chamisso, Willibald Alexis und Julius Eduard Hitzig.
»Krieg den Philistern. Dramatisches Märchen in fünf Abenteuern« (vordatiert auf 1824).

1824 Eichendorff wird Oberpräsidialrat in Königsberg.

1826 Eine der bekanntesten romantischen Novellen, »Aus dem Leben eines Taugenichts«, erscheint. Auch in diesem Prosawerk Eichendorffs finden sich viele, zum Teil sehr bekannte Gedichte, z.B. »Wem Gott will rechte Gunst erweisen« und »Wohin ich geh und schaue«.

1827 Da sich wegen Uneinigkeit mit seinem Vorgesetzten die Arbeitsbedingungen in Königsberg zunehmend verschlechtern, beginnt Eichendorff, sich um eine neue Anstellung in West- oder Süddeutschland zu bemühen.

1828 »Meierbeths Glück und Ende. Tragödie mit Gesang und Tanz«.
»Ezzelin von Romano« (Trauerspiel).

1830 »Der letzte Held von Marienburg« (Trauerspiel).
Geburt der Tochter Anna Hedwig Josephine.

1831 *Sommer:* Eichendorff arbeitet in Berlin in mehreren Ministerien, ab Herbst im Außenministerium (bis Juni 1832).

1832 Tod der Tochter Anna Hedwig Josephine.
Eichendorff schreibt den Gedichtzyklus »Auf meines Kindes Tod«.
»Viel Lärmen um Nichts«, eine satirische Erzählung mit autobiographischen Elementen, erscheint (vordatiert auf

1833).

1833 »Die Freier« (Lustspiel in Prosa und Versen).
Beginn der Veröffentlichung von Gedichten im von Chamisso und Gustav Schwab herausgegebenen »Deutschen Musenalmanach«.

1834 »Dichter und ihre Gesellen« (Erzählung).

1836 Die Novelle »Das Schloß Dürande« erscheint in »Urania. Taschenbuch auf das Jahr 1837«.

1837 Die erste Sammlung von Eichendorffs »Gedichten«, zum Teil aus den erzählenden Werken, wird veröffentlicht.
Viele der Gedichte sind, vertont von Robert Schumann und anderen, zu bekannten Volksliedern geworden.

1838 Aufenthalt in München und Treffen mit Görres und Brentano.
Weiterreise nach Wien.

1840 Eichendorffs Übersetzung der im 14. Jahrhundert entstandenen Erzählung »Der Graf Lucanor« von Don Juan Manuel erscheint.

1841 *Januar:* Eichendorff wird zum Geheimen Regierungsrat ernannt und in den Vorstand des Berliner Vereins für den Kölner Dombau berufen.
»Werke« (4 Bände).

1843 *Februar:* Eichendorff erkrankt an einer Lungenentzündung.
Mai–September: Arbeitsaufenthalt in Danzig und Marienburg.

1844 »Die Wiederherstellung des Schlosses zu Marienburg«.
Juni/Juli: Eichendorff wird aus gesundheitlichen Gründen pensioniert.

1845 *Sommer:* Aufenthalt in Sedlnitz und Wien, wo er den Bruder Wilhelm trifft.

1846 »Geistliche Schauspiele von Calderon« (Übersetzungen).
September: Reise nach Wien (bis Mai 1847).
Zusammentreffen mit Adalbert Stifter und Franz Grillparzer.

1847 Bekanntschaft mit dem Komponisten Robert Schumann.
»Über die ethische und religiöse Bedeutung der neueren romantischen Poesie in Deutschland«.
Dezember: Umzug nach Berlin.

1848 *Mai:* Wegen der Berliner Revolution Wohnungswechsel nach Köthen und Dresden.
Entstehung politischer Gedichte.
Der Aufsatz »Die deutschen Volksschriftsteller« erscheint

in den »Historisch-politischen Blättern«.

1849 *Januar:* Tod des Bruders Wilhelm.
Mai: Wegen des Dresdener Aufstandes vorübergehende Übersiedlung nach Köthen.
Herbst: Rückkehr nach Berlin.

1851 *Sommer:* Besuch in Sedlnitz.
»Der deutsche Roman des achtzehnten Jahrhunderts in seinem Verhältnis zum Christentum«.

1853 »Julian« (Epos).
»Geistliche Schauspiele von Calderon« (Übersetzungen, 2. Band).
November: Eichendorff erhält in München den Maximiliansorden für Wissenschaft und Kunst.

1854 In Berlin Zusammentreffen mit Theodor Fontane, Paul Heyse und Theodor Storm.
»Zur Geschichte des Dramas«.

1855 *Januar:* Die Ehefrau Luise erkrankt schwer.
Mai: Gemeinsame Übersiedlung nach Köthen.
»Robert und Guiscard« (Epos).
Sommer: Kur in Karlsbad.
November: Umzug nach Neiße.
3. Dezember: Tod Luises.

1856 *Sommer:* Auf Einladung des Breslauer Fürstbischofs Heinrich Förster Aufenthalt auf Schloss Johannesberg.
Dezember: »Geschichte der poetischen Literatur Deutschlands« (2 Teile, vordatiert auf 1857).

1857 *Sommer:* Aufenthalt in Sedlnitz und auf Schloss Johannesburg.
»Lucius« (Epos).
26. November: Eichendorff stirbt in Neiße.

Made in the USA
San Bernardino, CA
13 January 2017